クールな作家は恋に蕩ける

水上ルイ

幻冬舎ルチル文庫

CONTENTS ✦目次✦

✦カバーデザイン＝久保宏夏（omochi design）
✦ブックデザイン＝まるか工房

イラスト・街子マドカ✦

クールな作家は恋に蕩ける

押野充

「ねえねえ、あの人いいわよねえ」

「うん、やっぱり好み〜」

ランニングマシンで走る私の耳に、女性達のはしゃいだ囁《ささや》き声が聞こえてくる。

東京、六本木駅に近い一等地にあるスポーツジム。平日早朝のこの時間には、会社に行く前の一流企業の外国人ビジネスマンか、仕事柄身体《からだ》を鍛えなくてはいけないモデルか俳優が多い。ウエイトトレーニングのコーナーでは有名なアクション俳優が自慢の筋肉に磨きをかけているところだし、ランニングマシンではファッション雑誌でよく見る男性モデルがもう一時間近くも黙々と走っている。次のパリコレに向けての体力作りだろう。

「誰かしら？　やっぱり俳優さん？」

「背が高いし、モデルさんかも。どっっっっかで見たことあるのよねえ」

ちらりと鏡で確認すると、女性達はアクション俳優や男性モデルではなく私を見ていた。

彼女達の顔はテレビのクイズ番組か何かで見たことがある気がするので……グラビアアイド

ルかタレントか何かだろう。鏡越しに目が合ってしまったのでチラリと微笑《ほほえ》むと、彼女達は頬《ほお》を染めて黄色い悲鳴を上げる。トレーニングを邪魔されたせいか、それとも嫉妬《しっと》か、俳優や男性モデルの視線が痛い。

彼女達は期待に満ちた目でこちらを見ながら、マシンの斜め後ろから離れない。本当ならすぐにでもランニングを止《や》めて、彼女達に話しかけ、お茶にでも誘うのが普通なのかもしれないが……。

……私は別に、ここに女性をナンパをしに来ているのではないんだ。

私はランニングマシンのタッチボタンを操作し、さらに走るスピードを上げる。ＭＰ３のイヤホンを耳に差し込むと、しばらくうろうろしていた彼女達がやっとあきらめて更衣室の方に去っていく。

……私は単にこれからやってくる戦いに備えて身体を鍛えているだけ。だから放《ほう》っておいてくれ。

ランニングを終えた私はマシンでのトレーニングのメニューをこなし、プールで一キロ泳いで、今日のノルマを完了とする。

シャワールームで汗を流し、腰にタオルを巻いてロッカーを開けたところで、鞄《かばん》に入れた携帯電話が振動していることに気づく。そのまま無視して腰のタオルを取る。

「電話鳴ってるけど。無視していいの？」

後ろから男の声が聞こえ、私は鞄から出した別のタオルで髪を拭《ふ》きながらため息をつく。

「用件はわかっていますから。わざわざありがとうございます」

話しかけるな、と思いながら鞄から出した新品のボクサーショーツを穿《は》いたところで振動が止まる。どうせ仕事の電話だ。急ぎの用件はないはずなのでかけ直せばいいだろう。

「もしかして……恋人と別れようとしているとか？」

私は答えないままで歩き、濡《ぬ》れた二枚のタオルをジムのランドリーボックスに入れる。ここはタオルが備え付けてあるので、大荷物で来なくていい。会費は少し高かったが、なかなか便利だ。

「いつも見てたけど、本当にいい身体してるよねえ」

無視しているにもかかわらず、男はまだあきらめないようだ。私はわざとらしく大きなため息をつきながら、ハンガーから外した麻のスラックスに脚を通す。

……ただし、一部の会員には少々問題があるかもしれない。

「ほっそりしてるけど、脚が長いし、きっちり筋肉ついてる。モデル？　ダンサー？」

ハンガーから外したシャツに腕を通してボタンを留め、鞄を持ってロッカーを閉める。どけ、という意味を込めてじろりと睨《にら》んでやると、そこにいたやたらマッチョな金髪の欧米人がにっこりと笑う。隆々とした筋肉を見せ付けるかのように、タオル一枚の裸だ。

「これから食事でもどう？　女性からの誘いを無視していたところを見ると、君、ゲイなんだろう？」

馴《な》れ馴《な》れしい口調にうんざりしながら、私は踵《きびす》を返してドアの方に歩きだす。

「モデルでもダンサーでもゲイでもありません。……失礼」

後ろで何か言っている声が聞こえたが、私はもう完全に無視して更衣室を出る。顔見知りのスタッフに軽く挨拶《あいさつ》をして受付を通り抜け、階段を上って道路に出る。

見上げれば空は雲ひとつない快晴。夏の日差しと朝の風が頬に心地いい。鞄から取り出したパテック・フィリップの時計を腕にはめ、文字盤を見下ろす。時間は朝の八時。これなら昼までに無理やり頼まれた短編小説の原稿を上げることができそうだ。

……こんな時間にまだ眠っている同業者の気が知れないな。

私は思いながら、麻布十番の行きつけのオーガニックレストランに向かって歩きだす。

私の名前は、押野充《おしのみつる》。二十六歳。ミステリー——本格推理ではなく、主に海外を舞台にした警察小説——を書いている。小説家というと不健康というイメージがつきまとうが、そういう生活は、完璧主義の私には似合わない。ビタミン豊富な有機野菜中心の食事、週三回のジムでのトレーニング、そして一日七時間の睡眠を欠かさないのがポリシーだ。女性にはモテるほうだと思うが……料理も掃除も洗濯も完璧すぎてついていけない、といつも去られてしまう。本当に愛してくれているのなら私よりも完璧になれるように努力すべきだと思うので、いつも未練はないのだが。

さっきのマッチョな外国人が言っていた、「ゲイなんだろう？」という言葉が、やけにひっかかる。

……私は恋愛そのものに興味がないだけ。女性に必要以上の興味がないからといって、ゲイであるわけがない。

私は考え……そして小さくため息をつく。

……まあ、男同士の恋愛に少しは興味がないこともない。それは認めるが。

◆

「うわ～ん、明日が雑誌原稿の〆切なのに、まだ序盤のとこしか書けてない～！」

叫んだのは紅井《くれない》悠一《ゆういち》。二十三歳。私の同業者のミステリー作家。初投稿作『名探偵・紅井悠一の事件簿』でいきなり大きな賞を取ってデビューした。デビュー作はそのままシリーズ化し、テレビドラマにもなってさらなるヒットを続けている。軽妙な文体と、文体からは想像できないような凝ったトリックが受けて、若者から本格好きまでの幅広い層に人気がある。今風のファッションとアイドルのように整ったルックスも、その人気の一因だろう。

「今度こそ、白紙で掲載されちゃうよ～！　怖いよ～！」

紅井の本は確実に売れることが解《わか》っているのだが、なにせ彼は〆切破りの常連。百戦錬磨の担当でないと彼に原稿を出させることはとても困難だといわれている。

……まあ、実は彼はだらしのない様子を装いながらも、頭の中で完璧なトリックを組み立てている。そのため、いったん執筆に入ればそのままとんでもないスピードで原稿を上げてしまう。彼の「できない」という言葉はただの口癖に過ぎないのだが。

「紅井先生、大丈夫ですよ！　きっとできます！　頑張ってください！」

真剣な声で励ましているのは、柚木《ゆずき》つかさくん。くしゃくしゃになった猫毛と分厚いレンズの黒縁眼鏡《くろぶちめがね》がダサ可愛《かわい》らしい新人作家だ。

「本当にそう思う？　柚木くん」

紅井が調子に乗って言い、柚木くんの顔を上目遣いに見上げる。

「はい。だって紅井先生はすごい才能の持ち主だし……僕、同じ雑誌に載れることが本当に幸せなんです」

柚木くんが、目を潤ませながら言う。

「あ……すみません。初めて一緒の雑誌に載れた時のことを思い出しました。そうそうたるメンバーの名前と一緒に、自分の名前も表紙の隅に載っていたのを見て、僕、本当に感動したんです」

柚木くんは照れたように言って黒縁眼鏡を外し、細い指先で目元を拭《ぬぐ》っている。反り返る長い睫毛《まつげ》とキラキラ煌《きらめ》く瞳。テーブルに着いた全員の視線が彼の素顔にうっとりと当てられている。

実は柚木くんは、黒縁眼鏡を取ると絶世の美青年という、まるで少女漫画に出てきそうなキャラクター。性格もおっとりしていて同業者みんなに好かれているが、実はデビュー作『恋』は発売後たった三日間で十万部、今はすでに売り上げ百万部を突破したという大ベストセラーになった。

「柚木くん！　本当にいい子なんだから！」

紅井が言って、柚木くんの身体をキュッと抱き締める。紅井と柚木くんがこうして並ぶとまるでアイドルコンビのように麗しいのだが……二人のずば抜けた才能を知っていると、神はどんなにいたずら好きなのだろうと思う。二人の小さくて可愛らしい頭蓋骨《ずがいこつ》の中にあれほどの壮大な物語が詰まっていると思うと、どこか空恐ろしい気すらする。

「まあ……柚木先生の初掲載は『表紙の隅に』などというものではありませんでしたが」

咳払《せきばら》いをしながら言ったのは、天澤由明《あまさわよしあき》。二十七歳。私達が仕事をしている省林社《しょうりんしゃ》の第一文芸部の編集者。担当した作家に次々と大きな賞を取らせ、文学界では伝説といわれたほどのクールでパーフェクトなやり手だが……柚木くんの煌く才能にやられ、それだけでなく心までも捧《ささ》げてしまったらしい。今では担当というよりは彼の専属騎士《ナイト》と言っても過言ではない。まあ、どんなに可愛くても甘やかさず、きちんと原稿を上げさせ、それをすべて大ベストセラーにするところがさすがなのだが。

天澤さんに見つめられた柚木くんが、頬をふわりとバラ色に染める。

「あ……あの時は本当にありがとうございます。僕、いつも励ましてくれる天澤さんには、本当に感謝しているんです。的確なアドバイスをくださるし、僕、天澤さんがいなかったら、何も書けなかったかも……」

柚木くんは言いかけ、それから申し訳なさそうな顔になって、

「すみません、そんなふうに甘えてはいけないって、わかってるんですけど……」

「いいえ、甘えてくださってけっこうですよ。私はあなたの担当編集ですから」

「……天澤さん……」

「柚木先生」

天澤さんと頬を染めた柚木くんが真《ま》っ直《す》ぐに見つめ合う。紅井がプッと噴き出して、

「『担当編集ですから』じゃなくて『あなたの騎士《ナイト》ですから』にしか聞こえな〜い」

茶化すと、柚木くんは今にも泣きそうな顔になる。柚木くんと担当の天澤さんが付き合っているかもしれないという私の憶測は、やはり正しい気がする。

彼の隣に座ったごつい男が楽しそうに笑う。

「たしかにそう聞こえるな。……それにしても、あの時の柚木くんのキャンペーンはすごかったよなあ。あの号の雑誌の表紙に印刷された『柚木つかさ』の文字は、歴代のどんな大作家よりも大きかったんじゃないかって言われてるし」

彼の名前は草田克一《そうだかついち》、ごつい身体と陽《ひ》に灼《や》けた無骨な顔。小説だけでなくノンフィクション系のルポなども出し、それがかなりヒットしている。ふいに辺境の地に出かけてしまうので、たまに音信不通になる。それが趣味の旅行なのか本当に取材なのかは、本が出てみるまでは解らない。無骨な性格が災いしてか、私と同じ独り者だ。

「ああ……嫌味で言ってるんじゃないぞ。柚木くんの作品がよかったからこそのキャンペーンだろう。鬼の営業さんのプライドにかけて、な？」

言われた相手は、氷川俊文《ひかわとしふみ》。省林社第一営業部のやり手営業マンで、テレビ化や映画化に関するコネと知識もハンパではない。省林社における映像化の大ヒットは彼の後押しなしにはありえないともいわれている。

「もちろんです。確実にヒットすると確信したからこそのプッシュですから。柚木先生のベストセラー、押野先生の作品の映画化、それに……」

氷川さんはクールなままの顔で言い、隣に座っている紅井を見つめる。

「……紅井先生の作品のドラマ化」

そこだけやけに愛《いと》おしげな声に、紅井は彼の顔を見つめたままでカアッと頬を染める。私の憶測では、この二人も最近付き合い始めた。とんでもない跳ね返りの紅井を無口でクールな氷川さんがどうやって落としたのか、実はとても興味がある。もしかしたら紅井が無理やり口説《くど》き落としたのかもしれないが。

「そ……それはどうもっ！」

紅井は彼から目をそらし、ストローでアイスコーヒーを吸い込む。慌てすぎたのかいきなりグッとつまり、そのままゲホゲホと咳《せ》き込む。

「大丈夫ですか？」

氷川さんに心配そうに言われ、背中をさすられて、紅井はさらに赤くなる。

……まったく、遊び人に見えた紅井が、こんなに純情だったなんて。

「紅井先生のドラマ、大成功で本当によかったですね。その後は押野先生の『LA CSI〜ロスアンゼルス警察　科学捜査班〜』ですね。今からすごく楽しみです」

嬉《うれ》しそうに言ったのは、省林社文芸部の新米編集の小田雪哉《おだゆきや》くん。茶色の髪と紅茶色の瞳をした美青年で、その麗しい見た目のせいで『彼はゲイで、身体と顔で原稿を取ってくる』と陰口を叩《たた》かれていたらしい。しかし見かけによらず肝《きも》の据わった熱血な男で、担当していたスランプ中の作家、大城貴彦《おおしろたかひこ》を立ち直らせ、さらに猶木《なおき》賞まで取らせてしまったというなかなかのやり手。今では作家達からも一目置かれる存在だ。

「大城先生の『カナル・グランデ』も、いつか映画化しないかなあ。『ヴェネツィア』もすごく素敵でしたし……」

小田くんはうっとりと言い、隣に座っている大城の顔をチラリと見る。バーボンを飲んでいた彼は小田くんを見つめ、それからいつものクールな彼とは別人のような顔でにっこり笑う。

「そうだね。ヴェネツィア取材もとても盛り上がったし。とても楽しかったな」

彼の言葉に小田くんがいきなり真っ赤になる。

「……そ、そうですね……あっ」

彼は慌ててテキーラサンライズを飲もうとして手を伸ばし、グラスを倒しそうになる。

「……あぁっ」

傾いたグラスを、大城の手が素早く支える。

「大丈夫か、小田くん？」

「あ、ありがとうございます、大城先生」

目を潤ませた小田くんが言い、そのまま二人は見つめ合う。

……ああ、まったくこの二人は……。

「ああ、もう、勘弁してくれえっ！」

さっきから黙っていた草田が、頭を抱えていきなり叫ぶ。

「あんたら三カップルが熱々なのはよおくわかった！　だが、イチャイチャするのは二人きりの時にしてくれよっ！　こちとら寂しい独り者なんだよっ！　なあっ？」

いきなり話を振られて、私は驚く。

「は？　どうして私に？」

「おまえも独り者だろう？　いや、もしかして隠れて誰かと付き合ってる？」

すがるような顔で言われて、私はため息をつく。

「誰とも付き合ってはいませんが、そんな時もあります。何を動揺しているんですか？」

「だってやっぱり焦《あせ》るだろう！　たまには可愛いハニーの一人も欲しくなるだろう？」

その言葉に、天澤さんと氷川さん、それに大城の三人がいっせいに警戒したような顔になる。空気を読まない紅井が、

「あれっ？　草田さんと押野さんって付き合ってるんじゃないの？」

いきなりとんでもないことを言う。柚木くんと小田くんが驚いたように身を乗り出して、

「本当ですか？」

「知らなかったです！」

「全然違う」

私はうんざりしたため息をつきながら言う。

「自分達がラヴラヴだからと言って、誰も彼もゲイだと思わないでください。私はストレートで、綺麗《きれい》な女性が大好きです。断じて草田のようなむさくるしい男はまったく好みではありません」

「ええっ？　本当に？　おっかしいなあ」

紅井がとても意外そうな声で目を見開いている。

「おかしい？　何が？」

私が聞くと、紅井は首をかしげながら、

「僕、そういうのを見る目には自信あるんだよね。押野さんみたいな人には、ごつくて包容力があってちょっと可愛い熊っぽい男がお似合いだと思う。まあ……草田さんは野生のバッファローみたいでちょっとむさくるしすぎるかもしれないけど」

「野生のバッファローってなんだよ？　俺はあんなに臭くないぞ！」

草田が言い、テーブルに座った面々は可笑《おか》しそうに笑う。私もそれに合わせて微笑んでみせるが……紅井の言った言葉がやけに引っかかっている。

……ごつくて包容力があって熊っぽい……男……？

私はあっさりとゲイだと決め付けられたことに実はとても驚いていた。

……私はどう見てもストレート、百歩ゆずって男が相手だとしても可愛いハニーを囲うタイプだと思う。なのに……違うように見えるのか？

いつも冷静なはずの心が、なぜかざわめいている。

……ああ……なぜ私はこんなに動揺しているんだろう？

ジャン・マッテオ・ロレンツィーニ

「ジャン様、お迎えでございます。旦那様が、お話があるから今夜こそ夕食を一緒にとるように、と。来週には、ミラノにお帰りになってしまいますから」

ハリウッド・ブルヴァードの裏路地。古ぼけたアパートの前に不似合いなリムジンが停まっていた時から、嫌な予感はしていた。

リムジンから素早く降りてきたのは、タキシードに似たお仕着せに身を包んだ高齢の男。彼の顔は、物心ついた時から知っている。彼はセバスティアーノ。ミラノ郊外にあるロレンツィーニ家の屋敷の家令《かれい》。今は仕事でアメリカに来ている兄に同行している。

「また祖父《じい》さんと祖母《ばあ》さんが迎えをよこしたか。どうせたいした用事ではないんだろう?」

俺は手を上げ、腕時計で時間を確認する。屋敷にいる頃には十五歳の誕生日に祖父からもらったパテック・フィリップを着けていたが、それが十万ドルする代物《しろもの》と解ってからは着けるのをやめて引き出しに放り込んである。使っているのはミリタリーショップで安く買った無骨なデザインの軍用ウォッチ。ぶつけても水に濡れてもびくともしないタフさが気に入っている。これなら強盗に裏道に引きずり込まれることもない。

「七時半か。残念だが時間がない。八時半から次の公演の台詞《せりふ》合わせがあるんだ。……お疲れさま、こんなぶっそうなところにいないで早く屋敷に帰ったほうがいいよ」

言って彼の肩を叩き、その脇を通り抜けて歩き出す。

「ジャン様。いつまでも引き延ばすとますます面倒なことになりますよ」

後ろから聞こえたセバスティアーノの困り果てたような声に、俺はため息をつく。

……もっと高圧的な家令なら反抗もできるのだが、彼は昔からこんな感じで……。

「わかったよ」

俺は振り返り、セバスティアーノに言う。

「今度の土曜日が公演だ。日曜日なら時間を作ることができる」

「それはようございました。旦那様と奥様もきっとお喜びになることでしょう」

セバスティアーノはさっきまでの様子が嘘《うそ》のように晴れ晴れと笑う。

「公演、楽しみにしております。屋敷の者達と拝見しにうかがいますので」

「ああ……どうもありがとう」

俺は言って踵を返し、またため息。

……もしかしたら彼は俺なんか足元にも及ばないほどの役者かもしれないぞ。

押野充

「……というわけで、映画のキャストのことで、監督から相談を受けています」

話しているのは、省林社第一営業部の氷川さん。相変わらず見た目も声も渋い。あの紅井が夢中になるのもなんとなく解る気がする。いや、もちろん彼のようなごつい男に興味などないのだが。

「主役と準主役の候補は、こちらの方で何人か挙げさせていただいています」

彼はテーブルに置いてあった分厚い黒革のシステム手帳を開く。いい感じに艶《つや》が出て使い慣れた様子のそれは、この男の最高の武器だと言われている。営業部員の命は広い顔と強いコネだが、彼の手帳には出版関連はもちろん、世界中のエージェントや映画関係者、とんでもないVIPの連絡先が書かれているという噂《うわさ》。紅井が「実は彼はすごいお金持ちの家のお坊ちゃんなんだよね」とこっそり教えてくれたのもうなずける。

「主人公のプロファイラーの候補には、ダニエル・ヨハンソン、ジョージ・クロフォードほか八名、準主役の女性監察医には、クラリス・エバンス、ジェニファー・シールズ……」

彼はすらすらと俳優と女優の名前を挙げるが……全員が有名人というだけでなく、アカデミー賞候補や受賞者が何人も混ざっている。

……私の書く本はエンターテインメントというよりはかなり地味なイメージなのだが、これだけ大掛かりになるのも、この男のおかげなのだろうな。

デビュー何作目かに当たる警察絡みのミステリー『LA CSI ～ロスアンゼルス警察 科学捜査班～』が全米で大ヒットし、ハリウッド映画化が決まった。脚本のプロットができ上がり、キャストを選考中だ。

主人公であるクールなプロファイラーは美形で有名なハリウッド俳優が最有力候補。セクシーな監察医には去年のアカデミー賞女優が名乗りを上げていてほぼ確定だろう。しかしもう一人の無骨な刑事役でもめているようだ。

主人公のプロファイラーとその刑事の人間的な絡みも一応見所になっているので、その三人の相性は映画の出来にも大きく影響してくる。製作者側は最終オーディションに私も参加してくれないかと言ってくる。

「……少しメジャーな役者が多くなりましたが、監督の意向でオーディションには必ず全員に参加してもらいます。各エージェントには私から連絡をし、本人達からも了承を得ていますので」

氷川さんの言葉に私は苦笑する。

「贅沢《ぜいたく》すぎて、信じられない気持ちです。その中からオーディションに落とされるメンバーが出るのが信じられない」

「あちらもプロですから」

氷川さんはあっさりと言い、それから、

「そして、刑事役ですが……候補として挙がっているのは、ブルース・ブラウン、ジョン・ピット、エド・スミス、ボビー・ロッドマン……」

彼の挙げた名前に、私は思わず唸《うな》ってしまう。

「……うう～ん……」

さっきまでの浮ついた気分が一気にしぼんでいく。

「ご意見があれば、ご遠慮なくおっしゃってください」

氷川さんの言葉に、私は少し考える。

その刑事はシリーズの中でも一番気に入っているキャラクターで、彼の存在が、ともすれば重くなりがちな犯罪がらみのストーリーの重要なスパイスになってくれている。

挙げられた俳優はすべて、出演作が大ヒットしている有名人。アクション俳優ばかりなので揃《そろ》ってガタイがいいし、顔も個性的なハンサムだ。彼らが出てくれればそれだけで観客動員数を増やせるだろう。しかし……。

「もしかしたら、私の筆力では描ききれていないのかもしれませんが……」

私は、クラッシュアイスと生のミントの葉がぎっしり入ったラムのグラスを揺らしながら言う。ミントの生葉の爽《さわ》やかな香りが、私の混乱した頭を少しだけ冷静にしてくれる。

……映像化すれば原作とは違うものになることは承知していたはずだ。本当ならすべてをプロに任せたほうがいいに決まっている。

そうは思うが……今言わないと一生後悔しそうな気がする。

「あの刑事の性格設定は実はかなり複雑です。下品なジョークでプロファイラーと監察医を呆れさせ、うるさがられていますが、あの刑事には全キャラクターの中で一番とも言える重い過去があります」

私は刑事のキャラクターを思い出しながら言う。

「しかしそのおかげで、彼は冷徹なほかのメンバーとは違う優しさのようなものを持つことができているんです。ただのマッチョで優しいだけの男では、事件の真相に近づくことはできません。そしてプロファイラーと監察医は二人とも頭脳派で冷静ですが、その二人との対比を際立たせるためには、刑事にも深い知性を感じさせるものがないと……」

私はまくしたててしまい……そしてテーブルについているメンバーが呆気《あっけ》にとられるのを見て、言葉を切る。

「ああ……失礼しました。気に入っているキャラクターなのでつい熱くなってしまいました。原作者は必要以上に口を出さないほうがいいことはよくわかっていますから」

「押野先生がシリーズのキャラクターすべてにこだわっていることは、よくわかっています。思ったことがあったらすべて言ってください。それを叶《かな》えられるだけのスタッフを揃えていますから」

氷川さんの隣にいる男が、バーボンのグラスを揺らしながらにっこり笑う。

彼の名前は高柳慶介《たかやなぎけいすけ》。省林社第一文芸部の副編集長。一見すると優雅な雰囲気の美形なのだが、見た目とはうらはらにとんでもないドS。省林社と仕事をして彼に泣かされない作家は皆無だと噂されている。……が、日本の文学界を陰で支える存在と言われる彼はとんでもないやり手。頼りになることは間違いない。

「氷川からその候補者の名前を聞いた時、私も違和感を覚えました。たしかに全員売れっ子俳優だし、マッチョで個性的なハンサム。配役としては言うことがありません。しかしあの刑事のキャラクターはそうではない。私も同感です。無理にオーケーなど出してはいけませんよ」

彼がそういってくれたことに、私はかなり安堵《あんど》する。

「そう言っていただけて安心しました。私は映画に関しては素人《しろうと》ですし、『この人で』と言われればオーケーを出さざるを得ない立場だと思っていますから」

高柳副編集長は肩をすくめて、

「あなたが許可しても、省林社が納得しません。せっかく原作を提供したんです、どうせならとことんこだわりましょう」

言って、私を見つめてにっこり笑う。

「なので。ハリウッドに行って、オーディションを見学しませんか？　もちろん取材もかねてのことなのですべての費用は省林社が出させていただきます」

「もしも行かれるのなら、営業部から氷川、編集部からは私……そして、この五嶋雅春《ごとうまさはる》さんも同行してもらおうかと思っています。まあ、彼はロケハンなので別行動になると思いますが」

彼の隣に座った長身の男性が、よろしくお願いします、というようにチラリと微笑む。逞《たくま》しい身体を包むのは黒の綿シャツに黒のスラックス。どちらもブランド物だろう。どこかに翳《かげ》があるような、雰囲気のあるハンサムだ。

彼、五嶋雅春さんは、手がけた本は必ずベストセラーになるといわれる一流の装丁デザイナー。写真を加工した雰囲気のある表紙が多く、そのためにカメラマンとしても名前が知られている。そして……。

「五嶋さんも？　もしかしてハネムーンも兼ねようとしていますか、高柳副編集長？」

私がわざと言ってやると、高柳副編集長がグッと言葉に詰まる。いつも皮肉な笑みを浮かべ、超然としているイメージの彼にしてはとても珍しい反応だ。

……やはり、五嶋さんと高柳副編集長が付き合い始めたのではないかという私の予想は当たっていたのか？

「何を言っているんですか、押野先生？」

高柳副編集長がにっこりと微笑みながら言うが、心なしかその唇の端が引きつっているように見える。

「今回の映画のポスターのデザインを、五嶋さんにお願いしようと思っているんです。だから彼にも見てもらって意見を述べてもらったほうがいいかと。別に、遊びで同行させるわけではなくて……」

「ハネムーンには突っ込みなしですか？」

私は思わず言ってしまい……高柳副編集長がさらに顔を引きつらせたのを見て少し可哀想になる。五嶋さんは黙ったまま高柳副編集長の横顔を見ているが、その目はとても優しい……と思うのはきっと気のせいではないだろう。

……やっぱりこの二人はデキているんだろうなあ。

「ああ……失礼、冗談ですよ？」

私がにっこり笑ってやると、高柳副編集長はホッとした顔になる。その様子は……なんだか妙に微笑ましい。

「ええ、もちろんそうですとも」

高柳副編集長が言って、余裕の笑みを浮かべてみせようとするが、あからさまに頬が引きっている。

……ハンサムで有能な副編集長も形なしだ。恋する男を観察するのは本当に面白い。

私は思うが、心の隅で何かがちくりと動くのを感じる。

……いや、もちろんうらやましくなどはないのだが。

ジャン・マッテオ・ロレンツィーニ

「……合格者は、百十五番、二百二番、三百五十九番、以上です。みなさん、ありがとうございました」

広々とした待合室に、オーディション担当者の声が響く。今日は有名なアクション映画の続編のオーディション。主役は有名俳優だし、監督もヒットを出したのはかなり昔だが、ハリウッドでは顔の広い人で知られている。これは役者が自分の顔を売るとんでもなく大きなチャンスだ。しかも実力を重視してすべてのキャストをオーディションで決めるということで、端役《はやく》にまでとんでもない数の売れない役者が集まった。だが……。

「どうみても形ばかりのオーディションだよなあ」

「出来レースってやつ？　選ばれてるのは有名なやつばっかりだ」

隣に座った二人の役者が、帰り支度をしながら囁き合っている。

番号を呼ばれて立ち上がった三人は、すべてテレビで人気の俳優。しかもとんでもない大根ばかり。オーディションはステージで行われたのでほかの役者の実力も見たけれど、かなりの演技派ぞろいだった。

……その中で、この人選か。

俺はもらっていた台本のコピーを鞄に詰め込みながら思う。

……演劇界は、完全なる実力主義だと思っていた。だが、俺は間違っているのだろうか？

押野充

……もしもあの役が決まらなければ、映画は成功しない。

ホテルを出た私は、暗澹《あんたん》たる気持ちでハリウッド・ブルヴァードを歩いている。

……そして映画化が失敗すれば、省林社にとっても大損害だ。

私と省林社のメンバーは、オーディションに参加するためにロスアンゼルスに来ている。

今日は第一回のオーディションだったが、主人公役のダニエル・ヨハンソンと女監察医のクラリス・エバンスは、イメージ的にも演技的にも満点のキャストだった。明日、軽くカメラテストだけをしてほぼ確定ということになるだろう。

しかし、刑事役の最終選考に残ったメンバーはイメージ的にも今ひとつ。無骨な体型と大《おお》雑把《ざっぱ》な性格の中に見え隠れする知性が売りだったはずなのに、やたらマッチョなだけで知性のかけらも感じられない俳優や、顔と体型は見栄えがするが演技が下手な俳優、演技が上手だと思えばルックスがまったくイメージではなく……今日は結果が出ないまま、第一回のオーディションは終わってしまった。

高柳副編集長達と監督はプロモーションのことで打ち合わせがあるらしく、私はホテルまで送られた。監督の配慮で一流ホテルのスイートだったが……どうしても休む気になれず、こうして夜の街に出た。

「今日はジャンが出るんでしょ？　めちゃくちゃ楽しみ！」

はしゃいだ声が聞こえ、私はふと顔を上げる。ここはハリウッド・ブルヴァードから一本入った路地。そこには不思議なほど大勢の若者が集まっている。見回すと、すぐ近くにライブハウスのような小さな劇場の入り口がある。

私は劇場の入り口の近くの壁にベタベタと貼られたポスターを見る。どうやら聞いたこともない小劇団の公演らしい。本当ならここで立ち去るのが普通だ。だが……。

「ジャンが出るっていうだけで、すごい客寄せよね。まあ、私も彼が目当てだけど」

「だって、ジャンの出番は絶対に見逃せないもん。私なんか彼の舞台はフルコンプよ」

劇場の前に集まったファン達は、誰もが頬を染め、目を輝かせている。私はふいに興味を引かれる。

……彼らのほとんどが、ジャンという名前の一人の俳優に熱狂しているようだ。

「チケット余ってますよ！　安くするんでいかがですか？」

いきなりすぐ後ろから声が聞こえ、私は驚いて振り返る。そこには濃い化粧をした女性が二人立っている。

「ぜひ、観て行ってください！　私達も出るんです！　お願い！　お願い！」

二人揃って祈るようなポーズをして、私を見上げてくる。

……ジャンという名前の俳優に、興味はある。それにこれほど頼まれては断ることなどできそうにない。

「わかりました。じゃあ、一枚ください」

私は言って、スラックスのポケットから、シルバーのマネークリップを取り出す。

「やった！　お客さん、めちゃくちゃ格好いいから十ドルでいいです！」

私はマネークリップから十ドル札を抜き、女性の一人に渡してチケットを受け取る。

「ありがとうございます！」

「よかったら打ち上げにも来てくださいねっ！」

二人は楽しそうに言い、それから先に立って入り口に向かう。

「ご案内します！」

「招待者用のいい席が空いてるから、そこで観てくださいね！　私達の関係者ってことにしときますから！」

彼女達はやけに愛想よく言い、私を劇場内に案内してくれる。

階段を下りて狭いロビーを抜け、防音扉を開いて劇場内に入る。中は、ライブハウスというよりは場末の映画館という雰囲気だった。擦り切れた安っぽい椅子《いす》が並び、タバコの煙で煙《けぶ》っている。だが席は意外なほど埋まっていて、彼らは一様に興奮した様子だ。ここでも「ジャン」という言葉が何度も聞こえてきて、私はまた興味を引かれる。

「はい、ここです！」

「よく観ていってくださいね！　私達の出番は最初だから！」

二人は言いながら、二列目の中央の席に私を座らせ、今日の演目の内容が載っているらしい手刷りのチラシを渡してくれる。

「ポスターをよく見なかったのだけれど……」

私はそのチラシを見下ろしながら、二人に話しかける。

「今日の主役は、ジャンという人？」

彼女達は立ち止まって振り返り、揃って残念そうな顔でかぶりを振る。

「お客さんもジャンのファンなんですね？　……私達も、できればジャンが主役のほうがいいんですけど。それならお客さんももっと入ると思うし」

「でも、ジャンのルックスは不条理劇には合わないし。前はよく主役をやってたんですけどね……」

二人は言い、それから時計を見上げて慌てた様子になる。

「ヤバい、外の受付の机を片付けなきゃ！」

「それじゃあ、ごゆっくり！　打ち上げ、絶対に来てね！」

二人は言って、慌てて通路を走り去る。そろそろ開演時間が近いのだろう。

私は彼女達がくれたチラシを裏返し、キャストの名前を目で追う。そして、とても下の方にジャンの名前があるのを見つける。彼の役名は……『酒場の客C』。

「……ジャン・マッテオ……名前すら付いていない、ほんの端役じゃないか……」

私は呟《つぶや》き、そして思わず劇場内を振り返る。

ここに集まり、期待に頰を染めている人々のほとんどが、この端役の役者を観に来たのだとしたら……それはすごいことかもしれない。

……ここで、あの刑事役にぴったりの俳優が見つかったら奇跡だな。

そう思うが、まさかそんなにうまくいくわけがない。

……ハリウッドも近いこの周辺では一流の才能はすぐに事務所からスカウトされる。こんな道端に、そうそうダイヤモンドは落ちているわけがないんだ。

ジャン・マッテオ・ロレンツィーニ

俺が所属する劇団が公演を行うのは、ハリウッド・ブルヴァードから一本入った場所にある小さな劇場。席数は三百とライブハウス並みの規模だが、まだ当日券が余っているらしい。建物の外に出された受付で、当日券を売ったり知り合いに挨拶をしたりしていた俺は、残り席数が五十と聞いて思わずため息をついてしまった。

……まあ、こんな小さな劇団の公演に二百五十人ものお客が来てくれたと考えるほうが正しいのか。

祖父に切ってしまった啖呵《たんか》を思い出し、俺は暗澹たる気分になる。

……もしかしたら、もう潮時なのだろうか？

「ジャン！　約束どおり来たわよ！」

「仕事が長引いちゃって……ああ、間に合ってよかったわ！」

思わずため息をついた俺は、走ってくる騒々しい足音と賑《にぎ》やかな声に顔を上げる。

一人は金髪の巻き毛、一人はブルネットのボブの派手な美人達が道を走ってくる。身体にぴったり張り付くラメ生地のミニドレスと凶器のようなハイヒール。近くで開演を待っている客達が、ぎょっとした顔で振り返っている。

彼女達（生物学的にはまだ男性のようだが女性と呼ばないと機嫌が悪くなる）は、俺がバイトをしているピザ屋の向かいにあるゲイバーに勤めている。もともとはピザ屋の客だったが、出勤前に揃って店に寄ってくれる彼女達といつしか言葉を交わすようになり、「ハンサムなんだから俳優になればいいのに」と言われて、つい劇団の公演の宣伝をしてしまった。最初はお付き合いで公演に来てくれたのだが、どうやら気に入ったようで公演のたびに毎回来てくれる。とてもありがたい常連客だ。

「まだ着替えなくていいの？　もうすぐ始まるでしょ？　どんな衣装？」

金髪美人のダフネ（本名はダグラスらしいが）がしなを作って言う。

「ジャンなら、身体にフィットした衣装がいいわ。だってうっとりするようなセクシーな身体をしてるんだもの」

真っ赤に塗った長い爪《つめ》で俺の胸のあたりを撫《な》でながら、ブルネット美人のアルラウネ（本名はアレクサンダーらしい）が言う。

「俺はちょい役だから、これが舞台衣装」

言いながら古びたダンガリーシャツとジーンズを示してやると、二人は憤然とした顔で、

「またちょい役なの？　いつも主役をやる団長より、ジャンのほうがずっとハンサムなの

に！」

「そうそう！　演技力だってジャンのほうがずっと上よ！」

大声で主張する彼女達に、俺は苦笑する。

「こらこら、大声を出すなよ。楽屋で俺が苛《いじ》められてもいいの？」

からかうと、二人は慌てたように口をつぐむ。それから小声で、

「ともかく、あなたはこんなところでくすぶってるタマじゃないのよ」

「そうそう、この劇団、最近どんどんつまらなくなってるわ。台本がマニアックすぎよ。不条理劇なんて最近は流行《はや》らないわよ」

「……っていうか、不条理なら不条理の美学ってものがあるのよ。人が死ねばいいってもんじゃないわよ」

二人は、ねえ、と言いながら顔を見合わせる。彼女達はこんな格好はしているが、実はいい大学を出たエリートで、たいへんな読書家であるだけでなく演劇にも詳しい。

「まあまあ、あのテイストは団長の中では最先端なんだよ」

俺は何度読んでも理解できない脚本を思い出して、思わずため息をついてしまう。

この劇団の団長は、テレビドラマに何度か出たことがあるのが自慢の俳優。そしてすべての脚本も彼が手がけている。俺が入団した頃はなかなか面白いスラップスティックなコメディが売りだったのだが、「資本主義的な演劇に反旗を翻《ひるがえ》したい」と言っては理解不能な哲学

的な脚本ばかり書くようになってしまった。まあ……人気監督が同じことを雑誌のインタビューで言っていてそれに影響を受けてしまっただけのようなのだが。

「ジャンはどのへんから出るの？　そこまで寝てるわ」

「あたしも。だってどうせわかんないし」

二人の言葉に俺は苦笑して、

「まあまあ、俺の出番は中盤からだけど、この間入った新人がわりとイケてるから」

「そおお？　じゃあ一応目だけは開けとくわ」

「ともかくあんたの出番、楽しみにしてる。がんばって！」

二人は色っぽいウインクとキスを投げ、劇場の入り口から入っていく。

俺は時計を見て、そろそろ楽屋に戻ろうと思う。そして楽屋口の方に歩きだそうとし……

視界の中に入ってきた一人の人間に視線を奪われる。

……誰だ、あれは？

彼は、俺から少し離れた場所で、壁に貼られたポスターを見ていた。

都会的にカットされた、艶のある茶色の髪。

真珠のように白く滑らかな頬。上品に通った鼻梁《びりょう》と。形のいい唇。

やけにセクシーなアーモンド形の目と、長い睫毛、そして紅茶のような色の瞳。横長の銀縁の眼鏡が、彼の知性的な表情を引き立てている。

THEATER
THEATER

彼は、白い綿シャツと黒のスラックスを身につけていた。そのシンプルな服装が、彼のダンサーのように引き締まった美しい体型を強調している。

……どこかの劇団の役者……？

だがよく見ると彼は荷物を持っていない。東洋系の静謐《せいひつ》な雰囲気と洗練された様子は、この猥雑《わいざつ》なハリウッド・ブルヴァードには不似合いだ。ビバリーヒルズの住人か、金持ちの旅行者のようにも見える。劇を観に来たというよりは、どこかのホテルからふらりと散歩に出てきただけ、というのが正しいかもしれない。

しかし。

この界隈《かいわい》は治安のよくないハリウッド・ブルヴァードの中でもさらに柄《がら》の悪い場所。すぐそばにゲイが集まるバーが多いせいで、この時間には道路の脇には夜の相手を探すゲイや男相手の商売をする青年達がずらりと並ぶ。麗しい彼は、言うまでもなく注目の的だ。

何人かのマッチョな男どもが彼に近寄ろうとし、お互いの存在に気づいて小競り合いを始める。麗しい彼はそんなことは夢にも思っていない顔で、ポスターを見つめているだけだ。

大通りで呼び込みをしていた新人女優達が、はしゃぎながら戻ってくるのが見える。彼女達は麗しい彼を見てひとしきり騒ぎ、そして一気に駆け寄っていく。

「チケット余ってますよ！　安くするんでいかがですか？」

「ぜひ、観て行ってください！　私達も出るんです！　お願い！　お願い！」

たしかに今回の公演のチケットの売り上げは悪い。だが、彼女達はそんなことはすっかり忘れ、その麗しい男と一言でも多く言葉を交わしたいように見える。

……っていうか、俺も彼の声が聞きたいんだが……。

「わかりました。じゃあ、一枚ください」

彼の声が、微《かす》かに聴こえてくる。高くも低くもない、とても心地のいい美声。見かけに似合ったその声と完璧な発音の英語。俺はそれだけで陶然とする。

「やった！　お客さん、めちゃくちゃ格好いいから十ドルでいいです！」

女優が言い、彼はスラックスのポケットから、札の挟まったシルバーのマネークリップを取り出す。アンティークらしい渋いデザインのそれから十ドル札を抜き、二人に渡してチケットを受け取る。

「ありがとうございます！」

「よかったら打ち上げにも来てくださいねっ！」

女優達が調子に乗って逆ナンパしているのを聞いて、なぜか胸が熱く痛む。それはまるで彼が自分の恋人で、嫉妬しているかのような……。

「……公演なんか放り出して、彼をさらって逃げたいような気分だな」

俺は呟き……思わず苦笑する。

……どうしたんだ、俺は？　演劇バカとは思えないような言葉じゃないか。

女優達は楽屋に向かわず、彼を案内しながら劇場の入り口に入っていく。彼はこういう場所に慣れていないのか、物珍しげに落書きでいっぱいの踊り場を見回し、彼女達にうながされて階段を下りていく。

争っていた男どもは、彼が連れ去られたのを見て悔しそうな顔をし、三々五々散っていく。

俺は彼の麗しい姿を思い出しながら、一人道路に呆然《ぼうぜん》と立ちすくむ。

……もしかしたら、これは運命かもしれない……。

俺は思ってしまい、そして自分で驚く。

……やばい、いったいこれはなんなんだ……？

身体が熱く、鼓動が、やたらと速い。

自分でも説明できないが……どうやら俺はたった一目で、彼を気に入ってしまったらしい。

まるで、恋でもするかのように。

押野充

……まったく。どうしてこんな気まぐれを起こしてしまったのだろう？

私は、劇場の二列目の中央、関係者用の席にいた。

舞台上では俳優達がやけに難解な、しかしあまり内容のない会話を延々と続けている。彼らの演技力はまあまあな気もするのだが、なにせ脚本がひどい。

……だめだ、眠くてたまらない。

出発前にきつい〆切をこなして寝不足の私にとっては、単調な台詞はまるで子守唄のようだ。

私は眼鏡を外して畳み、胸ポケットに入れる。

……やはりこんなところで奇跡が起きるわけがなかった。せいぜい睡眠を取ろう。

思いながら目を閉じた時、舞台際の席にいる女性達が黄色い声を上げた。声援やら愛情のこもったヤジやらが飛び、半分眠りかけていた私は、驚いて目を覚まし……そして、舞台上に一人の長身の男が現れていることに気づく。

「さっきから聞いていたが、もう我慢できない」

男の一言の台詞だけで、劇場の空気がまったく変わってしまっている。

男は、ダンガリーシャツにジーンズというかにも田舎風《いなか》の衣装だった。しかしそのモデル並みの体型は隠せない。

私は思わず胸ポケットから眼鏡を取り出し、それをかける。それほど視力が悪いわけではないのだが、わずかに乱視がある。私はレンズを通した、完璧に鮮明な彼を見たかった。

がっしりとした男らしい骨格。その上を、アスリートのように無駄のない見事な筋肉が覆っている。

しっかりと張った肩、表情豊かに動かされる長い腕、厚い胸板。

少しの緩みもなく細く引き締まったウエスト。

腰の位置がとても高く、見とれるような長い脚をしている。

少し癖のある黒い髪が、形のいい額《ひたい》に無造作に落ちかかる。

意志の強そうな眉《まゆ》、高貴な感じに細く通った鼻梁。

自由自在に台詞を操る唇は、少し厚めでやたらとセクシー。

長い睫毛の下の漆黒の瞳が、スポットライトを浴びて宝石のように煌く。

男は……こんな小さな劇場には似つかわしくないようなとんでもない美形だった。

「そうではない。全員が間違っている。その理由を、俺が教えてやろう」

彼の低い美声が、狭い劇場の中に朗々と響き渡る。彼の口調は歌うような独特のリズムを持っていて、つまらない台詞がまるで一流のオペラの一節のように聴こえる。そして死にそうなほど退屈だったこの劇は、まったく別のものに化学変化していた。男の存在感に圧倒され、もう一瞬も目が離せない。

「この世のすべては必然の上に成り立っている。いいか？　例えば空を飛ぶ鳥が桜の枝をついばみ、その実をくわえたとする……」

彼はとても端麗なルックスをしていたが、彼の魅力はそれだけでなかった。彼はとても自然に語り、怒り、そして笑みを浮かべる。まるで少年のように飾らない表情だ。

……なんて男だ……。

彼の台詞に聞き惚《ほ》れていると、その背景に、汚れたセットではなく草原が見えてくる。頬を、芳《かぐわ》しい草の香りの風が撫でるような気すらする。

……彼しかいない……。

天からの啓示のように、私の頭の中がこの考えでいっぱいになる。

……あの刑事の役ができるのは、彼しかいない……。

私の鼓動が、どんどん速くなる。私はただ見とれそうな自分を叱《しか》り付け、必死で検証する。逞しい身体と長身。スタイルはもちろん申し分ない。顔は少しハンサムすぎる気がするが、この子供のように開けっぴろげで屈託がない表情は本当に素晴らしい。しかも、無骨な中に不思議な知性が見え隠れして……まさにイメージどおりだ。

……この俳優を、絶対に逃がしてはいけない……。

ジャン・マッテオ・ロレンツィーニ

「ああ……最高だ！」

「楽しかった！」

小さな劇場の中、拍手はいつまでも鳴り止まず、俺達はカーテンコールを三回もこなした。

楽屋に戻る役者達は頬を高潮させ、口々に今日の感想を語り合っている。

舞台を降りた俺は、しかし楽屋に向かわずに劇場出口に続く階段に向かう。

「お疲れさん！」

俺の肩を叩いたのはこの劇団の団長で脚本家のロドリゴ。彼は上機嫌で、

「この後、『マテオの店』で打ち上げだぞ！　舞台の成功を祝って乾杯だ！」

「わかった。ああ……ゲストを一人、連れて行ってもいいか？」

俺が言うと、ロドリゴは鼻白んだ顔で、

「もしかしておまえの店の常連の姐《ねえ》さん達か？　この間みたいに酔って暴れないように、ちゃんと言っておいてくれよ」

「彼女達は今夜はまだ仕事があるだろう。そうではなくて、別の人だ」

俺は言い捨て、そのまま階段を一段抜かしで駆け上る。

……あの眼鏡の美人に、声をかけなくては。もしも逃がしてしまったら絶対に後悔する。

彼のことを思うだけで、また不思議なほど鼓動が速くなる。

舞台の上で演技をしながら、俺は彼のことを何度も盗み見ていた。狭い劇場なので舞台の明かりがうっすらと客席までも照らしていた。そして俺は、二列目中央の席に彼の姿を見つけた。

舞台の袖《そで》から覗《のぞ》いた時、彼は眼鏡を外して目を閉じていた。せっかくの演技を見てもらえないのかと、退屈な脚本を書いた団長を恨みたくなった。

だが、舞台に上がってからもう一度見ると、彼はきちんと眼鏡をかけなおし、身を乗り出してこっちを見ていた。何度も目が合い、そのたびに身体が熱くなった。

……俺はゲイではない、ずっとそう思っていた。だが、もしかしたら違うかもしれない。

彼を見るだけで、身体の奥から不思議な渇望が湧《わ》き上がった。それはまるで、激しい欲望のようだった。

……いや、欲望のようではなくて、俺は本当に欲情しているのかもしれない。

長い階段を一段抜かしで駆け上った俺は、裏路地に続くドアを勢いよく開き……。

「あっ！」

ドアのすぐ外側に誰かがいて、慌ててよけたのが解る。

「ああ、申し訳ない！　ちょっと急いでいて……」

俺は言いながら相手の顔を見て……そのまま固まる。そこにいたのは、俺がまた会いたいと望んでいたあの眼鏡の美人その人だったからだ。

彼はすらりと背が高く、俺の目の辺りまで身長があった。しかし骨格も筋肉の付き方も優雅で、洗練されたダンサーのようにしなやかな身体をしている。

そして近くで見る彼はますます端麗だった。欧米人にはないきめの細かい肌や艶のある髪は見とれそうなほど綺麗だ。そして都会的な銀縁眼鏡の向こうの瞳は澄み切って、しかしその視線はどこか色っぽく、見つめられるだけで身体が蕩《とろ》けそうで……。

「あの！」

俺はもう何も考えられなくなりながら、彼に向かって叫ぶ。

「これから打ち上げがあるんだ！　よかったら来ない？」

彼は俺の顔を見つめたままで、呆然と動きを止めている。

……ヤバい、またやってしまっただろうか？

ガタイがデカく、自分が人に妙な威圧感を与えることを俺はよく解っている。特に女性や子供をビビらせがちだ。

……こんな上品そうな美人から見たら、俺みたいな無骨な男はいかにもがさつで怖そうに見えるだろう。

「ええと……」

俺は呆然と固まってしまっているその美人に向かって言う。

「すまない、俺の名前はジャン・マッテオ・ロレンツィーニ。二十七歳。さっきあんたが観てたあの劇団の一員で……いや、俺の顔なんか覚えてないかもしれないんだけど……」

「いえ、覚えています」

彼の唇から、低い声が漏れた。彼の声はまるで上等のベルベットのように滑らかで、近くで聞くとぞくぞくするほどセクシーだ。

「あなたに話があって、楽屋に向かおうとしていました。ちょうどよかった」

彼の声に陶然と聞き惚れていた俺は、一瞬何を言われたのか解らず……。

「えっ？」

「だから、あなたに話があります。騒がしい場所は苦手なので長居はしませんが、少しならご一緒します」

彼は俺を見つめたまま、無感情に言う。セクシーな声とクールな口調の対比が、ますますたまらない。

「じゃあ、行こう。あんたみたいな人がこの俺に何の話があるのか想像もつかないけれど……いい話なら嬉しいな」

俺は言って手を伸ばし、彼の肩を抱き寄せる。薄いシャツの布地越しに伝わってくる、ひんやりとした彼の体温。ふわりと鼻腔《びこう》をくすぐったのは、絞りたてのレモンに似たとても芳しい彼の香り。それだけで、また鼓動が速くなる。

……本当なら、両手で抱き締めてしまいたいところだ。

「すぐそこだ。こっち。足元に気をつけて」

彼の肩を抱いたまま路地を歩き、明るい表通りに出る。そのまま歩道を歩いて『マテオの店』を目指し……通行人が彼と俺を見て驚いた顔をし、何度も振り返ってくることに気づいて誇らしくなる。ゲイらしきごつい男共は、俺と彼を見比べ、悔しそうな顔をしている。

……そうだよな、彼は思わず二度見するほど美人だもんな。

「手を」

彼が無感情な声で言う。

「え？」

聞き返すと、彼は俺を睨んで、

「手を離してください。通行人が面白がって振り返っていますから」

「みんなが振り返るのはあんたが美人だから。……危ないからこのまま行く。ハリウッド・ブルヴァードは治安が悪い。ちょっと目を離したらあんたなんかすぐにさらわれる」

「ご心配なく。私は女性ではありませんから」

ちょっとムッとしたように言われて、でも俺は手を離さない。

「あんた、観光客だろう？　夜のハリウッド・ブルヴァードはとても危険なんだぞ。路地を曲がるたびに春を売る男女が声をかけてくるし、元締めのギャングが徘徊《はいかい》して目を光らせている。薬の売人も多い。要するに金のためならなんでもするやつがいくらでもゴロゴロしているんだ」

俺がまくし立てると、彼は何かを言いかけ……そのまま口をつぐむ。呆れたようにちらりと肩をすくめたところを見ると言っても仕方ないと思ったんだろう。

……まあ……本当は、彼の肩をずっと抱いていたいだけなんだが。

押野充

「昼間はピザ屋のバイト、夜は劇団」

彼は言い、ライムを絞ったコロナを瓶からラッパ飲みする。ごくりと動く男っぽい喉《のど》、そらされた首の逞しさに、思わず見とれてしまう。

「貯金もないし、いまだに大根だし、今さら芽が出るとも思えないけれど……どうしても俳優になる夢をあきらめられないんだよな」

薄暗い店内、間接照明の明かりを反射して、彼の瞳がキラキラと煌いている。

「で？　なんなんだ？」

いきなり話を振られて、私は呆然とする。

「は？」

「だ〜か〜ら〜」

彼はコロナの瓶をカウンターに置き、とても真面目《まじめ》な顔で私の顔を覗き込む。

「あんたは何をしている人？　あんな小さな劇団にも興味を持つってことはステージ関係の

仕事をしてるんだろう？　ダンサー？　俳優？」

　私は作家だと言おうとし……あえて言うのをやめておく。

「どうでもいいじゃないですか」

「うう～ん」

　彼は残念そうに唸り、それから言う。

「それなら、せめて名前を聞かせてくれないか？　できれば連絡先も」

　私は胸ポケットからいつも持ち歩いているペンを出す。それから自分が飲んでいたミントジュレップのグラスを持ち上げて脇に置く。紙のコースターを裏返し、そこに何かを書いて彼に差し出す。私が書いたのは、私のホテルの名前と部屋番号……などではもちろんなく、明後日、オーディションの続きが行われるはずのスタジオの住所だ。

「月曜日の朝十一時に、ここに来てください」

　私が言うと、男はまるでおやつをもらった大型犬のように目を輝かせて、

「もうデートの約束だなんて、クールな顔をして情熱的なんだな。それとも俺に、もう夢中なのか？」

　はしゃいだ様子で言う。

　……本当に、犬のような男だな。毛並みがくしゃくしゃの茶色の大型犬だ。

「ええと、もしもあんたが嫌でなければ、それならこのまま朝まで一緒でも……」

「では、月曜日の朝十一時に。絶対に遅刻しないでください」

私は言い、飲み物代をカウンターに置いてスツールから立ち上がる。

「ちょっと待って、送っていく。みんなに挨拶してくるから……」

彼の言葉を背中で聞きながら店を横切り、そのまま外に出る。手を上げてちょうど通りかかったタクシーを停め、素早く乗り込む。高齢の運転手が愛想よく笑いながら言う。

「こんばんは、お客さん。どちらまで？」

「ロイヤル・ビバリーヒルズ・ホテルまでお願いします」

私が告げると、運転手はうなずき、タクシーが静かに走りだす。私は携帯電話を取り出して高柳副編集長からの着信が入っていないかを確認しようとし……。

いきなり外からバンバンと勢いよくガラスを叩く音がして、私はギョッとして顔を上げる。驚いたことに、ジャンが走ってタクシーを追いかけてきて、手のひらで窓を叩いていた。

「すみません、少しだけ停めてください」

私が言うと、驚いていた運転手が路肩にタクシーを寄せて停めてくれる。私はいまどき珍しい手動のレバーを回して窓を開き、息を切らしている彼を見上げる。

「どうかしましたか？　ドリンク代ならちゃんとカウンターに……」

「そうじゃない。そうじゃなくて……ああ、クソ！」

彼は悪態をつくといきなり身をかがめ、私の唇に乱暴なキスをする。

……キス……？

あまりのことに、私は一瞬呆然とする。そして次に、怒りが湧き上がってくる。

「何をするんですか！」

私が怒鳴ると、彼は照れたように頭を掻《か》きながら言う。

「ああ、いや、ただおやすみを言うだけのつもりだったんだが、あんたがあんまり綺麗だから、つい……」

続きを聞かないまま、私はレバーを回して窓を閉める。

「行ってください」

私が言うと、運転手は慌てて車を発進させる。

……せっかくぴったりの俳優だと思ったのに、中身は軽くて最悪だ！

◆

タクシーを降りて、ホテルのロビーに入る。ロビーのソファで打ち合わせをしていたらしい高柳副編集長達と監督が、私の顔を見て驚いたように立ち上がる。そしてそのまま私のところに駆け寄ってくる。高柳副編集長が、

「寝ていると思っていました！　どこに行ってたんですか？」

「少しリサーチをしてきました」

言って、監督に向き直る。

「刑事役の候補をみつけました。明後日のオーディションに呼んだので、見てやってくださ
い。もしもイメージに合わないようなら落としてくださってけっこうです」

監督は驚いた顔をするが、ふいに可笑しそうに笑う。

「そんなことをする作家さんは前代未聞だ。楽しみにしていますよ」

ジャン・マッテオ・ロレンツィーニ

「……はあ……」

鏡の前に立った俺は、思わず溜息《ためいき》をつく。

「なんでこんな目に遭わなきゃならないんだ？」

公演の次の日。アパートの前にリムジンで迎えに来られてしまった俺は、渋々それに乗り込んでロレンツィーニ家の別荘に向かった。本当なら昨夜《ゆうべ》会ったばかりのあの麗しい運命の人のことを考えたかったし、明日のデートのシミュレーションもしたかった。だが、年上を大切にしないのはイタリア男としての沽券《こけん》にかかわる。まあ、社交界ほど俺に合わないものはない。できる限り近寄りたくはないのだが。

「またそのようなことを。きっと楽しゅうございますよ」

セバスティアーノがとても嬉しそうに言いながら、後ろから俺にタキシードの上着を着せかける。俺の向きを変えさせ、シルクの蝶《ちょう》ネクタイを結んでくれながら言う。

「背が高くていらっしゃるから、タキシードが本当によくお似合いになります」

そして一歩下がって俺の全身を見渡し、満足げにうなずく。

「本当にご立派になられて。亡くなったアレッシオ様とイザベラ様がご覧になったら、どんなにお喜びになることでしょう」

彼の声がふいに湿っぽくなる。これは演技ではないだろう。

「親不孝をしていることは自覚しているよ」

俺は溜息をつき、上着のボタンを嵌《は》める。鏡を振り返り、いつもとは別人のような自分を確認する。

出入りのクチュリエが誂《あつら》えた、ドレスシャツとタキシード。仕立ても生地も最高だ。舞台《ぶたい》稽古《げいこ》中は生え放題になる無精ひげ顔は、祖母が呼び寄せた美容師によってきっちり剃《そ》られた。いつもは乱れ放題の髪もきちんと整えられている。こんな格好をすると、まるでどこかの大企業の社長か何かのように見える。

……まあ、普通にいっていれば、こっちが本当の姿だったのだろうが。

イタリアに帰る彼らに挨拶をするだけのはずが、なぜか分厚いファイルを手渡された。それはこの屋敷で開かれるパーティーの招待客名簿だった。いつの間にか発送されていた招待状には、俺が出席することがしっかり記載されていた。祖父に「今さら逃げられないよ」とにっこり笑われて、俺は彼らにはいつまで経《た》っても勝てない、と思い知った。

「ジャン、支度はすんだか？」

声がして部屋のドアが開かれる。そこに立っていたのは俺とよく似た容姿の男。彼はフランコ・ロベルト・ロレンツィーニ。二十九歳。俺の腹違いの兄、そしてロレンツィーニ家の現当主。体型や顔は似ていても性格は正反対。世界に名だたる企業グループのトップに立つのに相応《ふさわ》しい男だ。

「一応、格好だけはね」

俺が言うと、兄は苦笑して、

「相変わらずだな。ともかく行こう」

「ロスアンゼルス最後の夜を家族団らんで過ごすというのならまだわかるが、どうして大舞踏会になるんだ？　しかも来年にはまた来るんだろう？」

「あの二人の引退後の趣味は社交なんだ。少しはつきあってあげよう」

彼は言って親しげに私の肩を叩き、そして先に立って歩きだす。

ロベルトはいつでも家族をとても大切にする。祖父母はともかく、腹違いの弟にまでそれほどしなくても、と思うほど親切だ。自分の母を苦しめ続けた妾《めかけ》の息子のことなど、忘れてしまってもいいのではないかといつも思う。そして、とても居心地が悪くなる。

「この間は急な仕事で会えなくてすまなかった。話がしたかったのに」

ロベルトは心底申し訳なさそうな声で言う。それから俺を振り向いて真剣な顔で言う。

「ジャン。調子はどうだ？」

真面目くさった発音で言われる若者風の言葉に、俺は思わず笑ってしまう。

「ああ、ばっちりだよ。兄貴はどう？」

「相変わらずだ。もしもおまえが右腕になってくれたら、どんなに心強いか」

ため息交じりの言葉に、俺の良心がチクリと痛む。

……もしも本当の弟なら、彼のために力を尽くすのも、きっと悪いことではなかっただろうな。

ロレンツィーニというのは父の一族の姓。母は売れない女優で愛人。そしてその愛人の息子が俺。しかも父と母は車の事故で亡くなっている。警察は事故と判断したが、親類の間では無理心中ではないかと噂されていたようだ。

兄の母は夫の死にとんでもないショックを受けたと聞いた。しかし身寄りのない俺を引き取ることに賛成してくれた。そして義母だけでなく祖父母や兄もまるで本当の家族のように俺に接してくれた。そのことを、俺はずっととても感謝してきた。

……だが、その俺が。ロレンツィーニ一族の経営陣に紛れ込むのはやはり複雑だ。

俺は、ロレンツィーニ家の財産は兄がすべて受け継ぐべきだと考えている。将来は、財産分与の権利も放棄するつもりだ。

「ジャン。おまえには社長の才能があると思うぞ」

兄が熱心な口調で言う。

「おまえは昔からとても人気があった。今も、人はおまえのことが忘れられない。うちの社員も一度パーティーで見たきりのおまえのことをまだ忘れていない。そういうカリスマ性は、ビジネスにはとても大切なんだよ」

その言葉に、俺は苦笑する。

……それは兄の買いかぶりだ。そんなカリスマ性があったら、今頃は役者として大成しているだろう。

思うが……ただの愚痴にしかなりそうにないので、口にしないでへらへらと笑ってみせる。

「決まった時間に起きる自信がないんだよ」

「またおまえはそんなことを」

兄が呆れたように言う。俺は、

「本当のことだよ。……さて、覚悟を決めなくては」

俺は兄と並んで、両開きの大扉の前に立つ。

……これも芸の肥やしだと思えば、なんでもできる。それがたとえ、ゴシップ新聞のネタになるだけだとしても。

「そんなに気遣う必要はない。ほんの気軽な集まりだ。それにお祖父様とお祖母様がお待ちかねだ」

兄が言い、使用人の手によって大扉が開かれる。輝くシャンデリアの下、つめかけた人々の好奇の視線が、それよりも眩《まばゆ》く煌いている。

「これが祖父母孝行だと思えば、パーティーも悪くない」

俺は呟くけれど……駆け寄ってくる淑女達に思わず一歩後退《あとずさ》る。彼女達は兄と俺を均等に取り囲み、そのぎらつく目を見ていると、このまま骨まで食われそうな気がしてくる。

……ああ、やっぱり俺は社交界には向いていない。

「ああ、ああ！　どうせ俺は体力だけが自慢の無骨な刑事だ！　博士号を持っているわけじゃないし、今回の犯人の目星もまったくついてない！」

モニターに映る彼は、舞台で見た時よりさらに生き生きとしていた。プロのライティングで端麗な顔立ちがますます際立ち、少年のような漆黒の瞳がキラキラと煌いている。

「だがな、あんた達より現場経験が長いのもたしかなんだぜ？　その俺の勘が、あいつはヤバいって告げてるんだよ！　……ああ、だからそうやって無視するなって！」

彼の独特の存在感は、見るものをひき込み、夢中にさせる。モニタールームにいる監督を始めとする製作チームのメンバー、そして省林社の面々も、画面から目が離せなくなっている。

『オーケー、お疲れ様です』

「どうも」

ジャンが開けっぴろげな笑顔で言い、スタジオを出て行く。

「どうですか？」

モニタールームの面々を見渡す。監督が深くうなずいて、

「あなたが一目ぼれした理由がよくわかりました。彼は完璧だ」

「たしかに」

高柳副編集長が、まだ呆然とした顔で言う。

「すごい存在感だ。あの作品に相応しい」

「たしかに素晴しい人材ですね」

氷川さんがやはり呆然とした様子で言う。

「あんな俳優さんが、今まで埋もれていたなんて」

「彼に決めたい。どうですか？」

監督が言って、スタッフ達全員が深くうなずく。

「よし。決まりだ。……では、とりあえずオーディションはこれで終了かな？」

監督の言葉に、私達は立ち上がる。高柳副編集長がホッとため息をつきながら、

「どうなることかと思いましたが、押野先生のおかげで助かりました」

「たしかに」

営業の氷川さんも深く頷いて、

「私はいくつかのエージェントと繋《つな》がりがありますが……彼の名前は初めて聞きました。い

ったいどこから連れてきたのですか？　以前からのご友人ですか？」

「違います」

私は肩をすくめて言う。

「たまたま入った小劇場で、たまたま見つけました」

私の言葉に、監督も高柳副編集長も氷川さんもとても驚いた顔になる。監督が、

「それは……運命だとしか思えませんね。そして彼にとっては千載一遇の大チャンスだ」

言ってから決意を固めたような顔になる。

「わかりました。彼の素晴らしさをさらに引き出せるように、私達も気合を入れさせていただきます」

「よろしくお願いします」

私は監督と握手を交わし、高柳副編集長と氷川さんと一緒に部屋を出る。建物のエントランスを出ようとしたところで、後ろから大声が聞こえた。

「待ってくれ！　そこのあんただ！」

その美声にはもちろん聞き覚えがある。私は小さく深呼吸をしてから、後ろを振り返る。

「よかった！　やっと会えた！」

駆け寄ってきたのは、さっきモニター越しに見ていたあの男……ジャン・マッテオ・ロレンツィーニだった。省林社の面々が、驚いた顔で私達の顔を見比べている。

走り回って私を探していたのか、彼は激しく息を切らしている。彼は私を見下ろして、

「あんたがここの住所をくれたおかげで、俺は大きな役に大抜擢《だいばってき》された！　ありがとう！」

「私は住所を渡しただけ、役を掴《つか》んだのはあなた自身ですよ」

私が言うと、彼は大きくかぶりを振って、

「この映画のオーディションがあることは知っていたんだ。この原作のファンだし。マクスウェル刑事も大好きなんだ」

彼の言葉に、私の鼓動が微かに速くなる。

……彼は、私の正体に気づいたのか？

一瞬そう思うが……日本語版には載せた著者近影を、英語版に載せていなかったことを思い出す。

……いや、彼は気づいてはいないだろう。

「だからこの映画のオーディションのあることを俳優仲間から聞いた時、とても心が動いた。だが、自信がもてなかった。俺のような無名の役者には無理だと思って、オーディション会場すら聞かなかった。……だが」

彼は漆黒の瞳で私を真っ直ぐに見つめる。

「あんたとの出会いが、俺を一歩前進させてくれた。あんたは俺の幸運の女神だ」

彼の目が純粋に煌いているのを見て、私はますますあの役にぴったりだと思ってしまう。

……たしかに、あの出会いはある意味運命だったのかもしれないな。

「頼む、あんたの名前を教えてくれ」

私は名乗りそうになるが……原作者が自らスカウトしてきた役者だということが周囲に知れたらどんな反応を示されるのか、ふと心配になる。

……原作者に選ばれたのだと知って、「やはり自分はあの刑事にぴったりの役者だ」などと妙な安心感をもたれても困る。緊張感を保つためにも、私の正体はまだ知らないほうがいいかもしれない。

「もしも縁があるのなら、私の名前はそのうちに知ることができると思います」

私は言って、呆然とする彼に背を向ける。高柳副編集長が横を歩きながらチラリと私を盗み見て、

「本当に会ったばかりだったんですね。しかも名前すら言っていなかったんですか？」

「ええ。言う必要もないでしょう」

「撮影が始まれば、一度くらいは見学していただくことになるかもしれません。その時には原作者として、紹介されると思いますが」

氷川さんの言葉に、私はうなずく。

「名前など、その時で十分です。それに……」

私はロスアンゼルス市内の大きな書店に行けば、原作の日本語版もずらりと並んでいるこ

とを思い出す。

「もしも彼が本当に興味があるのなら、一度くらいは原語である日本語版も手に取ってみるでしょう。その時に驚いてくれれば面白いかな、と」

あの男の驚く顔を想像して、私は小さく笑う。

「まあ……彼がその時まで私の顔など覚えているかどうかは、おおいに疑問ですが」

ジャン・マッテオ・ロレンツィーニ

「ジャン、恋人とか作らないの？」

ロケ用のトレーラーの中で聞いてきたのは、クラリス・エバンス。今回の映画の主人公の一人を演じている。美しいルックスで大人気の全米トップ女優だが、実はハーバードを出ている才媛《さいえん》。金髪のボブヘアと、身体にぴったりとした黒のパンツスーツがよく似合っている。

「あんたみたいな男、けっこうモテるでしょ。フェロモン全開だもんね。……あ、私は趣味じゃないから安心してね」

彼女は指に付いたチリドックのソースを舐《な》めながら笑う。美人で才能に溢《あふ》れた役者、さらに高学歴。高慢ちきな女だったらどうしようと思ったのだが、彼女はさっぱりした男勝りな性格で、付き合いやすい。

「たしかにジャンならモテるだろうなあ。うらやましいですよ」

コーラを飲みながら言ったのは、ダニエル・ヨハンソン。クールなルックスと演技力でやはり大人気の俳優。ものすごい売れっ子で今回の映画のために長期間のスケジュールが押さえられたのが奇跡だと言われている。

「しかもルックスも男っぽいし。オレもそういうふうに生まれたかったなあ」

整った顔立ちとすらりとした体型。着こなしているのはブランド物のシャツとシックな黒の上下。元モデルで今はアカデミー賞俳優の彼こそ、人からうらやまれるために生まれてきたような存在だ。だが、実は付き合ってみると彼は内気な読書家で、インタビューでは相手の顔を見ることすらできない。まあ、そこがクールと勝手に解釈されているのだが。「俳優は向いていない、隠居して本に囲まれたい」が口癖の面白い男だ。

「俺こそ、ダニエルみたいに生まれたかった。握力が強すぎてしょっちゅう熱いコーヒー入りの紙コップを握りつぶすのにはうんざりだからな」

「たしかにこの間もやってたわよね。そのアホさが、恋人のできない理由かしら」

クラリスが可笑しそうに笑い、ダニエルが本気で驚いた顔をしている。

「ジャン、見た目どおりに本当にワイルドなんだ。今度オレも人前でやってみようかな」

ダニエルが目を輝かせて言い、クラリスに呆れた顔をされている。

恋人、という言葉を聞いてからずっと、俺の頭の中にはあの美人の顔がちらついている。端麗な顔立ち、セクシーな声。クールな銀縁眼鏡の向こうに煌く美しい瞳。

「好きな人はいるんだよなあ」

思わず呟くと、二人は身を乗り出してくる。

「本当に？　どこの誰よ？　どっかのお嬢様？」

「すごいです！　誰なんですか？　女優さん？」

「どっちでもねぇよ」

俺は言って、深いため息をつく。

「誰なのか、知らないんだ。知ってるのは顔だけ」

「はあっ？」

俺の言葉にクラリスが呆れたような声を出す。

「なにそれ？　どっかで一目ぼれして、だけど告白もできないってやつ？　中学生じゃあるまいし……」

「ああ、ああ、どうせ演劇一筋、俺の恋愛スキルは中学生並みだよ」

俺はエスプレッソのカップをテーブルに置き、自分でも呆れてしまいながら言う。

「しかもあれ以来、全然会えない。どうすりゃいいんだ」

「あれ以来？」

ダニエルが目を輝かせて身を乗り出してくる。

「デートはしたんですか？　すごいな！」

「でも素性を知らないんじゃ、たいしたデートじゃないわよね」

クラリスが呆れたようにため息をつく。

「……で？」

さも興味のなさそうな顔をしていたくせに、また身を乗り出してくる。

「どこで会ったの？　どんなデートだった？　情報をくれれば調べてあげてもいいわよ」

「え？」

「私を誰だと思ってるのよ？」

クラリスはその綺麗な顔に、まるでいたずら者の妖精のような笑みを浮かべる。可愛いような、怖いような。

「同級生のお父さんが、全米映画演劇協会の理事をやってるの。詳しい特徴を教えてくれれば、どこの誰だか調べられるかもよ？」

「それは……」

俺はそうとう迷い……それからため息をつく。

「ありがとう。今の俺には本当に魅力的な申し出だ。だが、やめておく」

俺は、彼のクールな表情と「縁があったら」という言葉を思い出す。

「もしも縁があるのなら、私の名前はそのうちにわかる……その人はそう言ったんだ。俺はその人との縁を信じる。だから今は知らないでおく」

ダニエルは頬を染めて「格好いい」と呟き、クラリスは「バカじゃないの」と呆れ顔。

……ああ、たしかに俺は格好いい。だが、本物の大バカだ。

押野充

「わあ、なんだか押野さんの顔を見るの久々って感じっ！」

「本当ですね！」

後ろから賑やかな声がして、私は振り返る。

夜の十時。麻布ヒルズのすぐ脇にあるムーンバックス。成田から自宅に戻ったのは数時間前だが、どうしてもだらだらする気にはなれず、さらに食べ物がまったくないのでシャワーだけ浴びて外に出てきた。いつものオーガニックカフェに行かずにここに来たのは、同業者の誰かがいるだろうと思ったからだ。

立っていたのは、同業者の紅井悠一と柚木つかさくんだった。二人は手に湯気の立つカップを持っている。

「お邪魔しまーす！」

紅井は言ってテーブルにカフェオレのカップを置き、私のすぐ隣に座る。柚木くんは、

「あの……お仕事中では？　別のテーブルに行ったほうがいいですか？」

テーブルの上に広げてあるモバイルコンピュータを見下ろしながら遠慮がちに言う。

「大丈夫。今日のノルマはもう終わったからね。どうぞ、座って」

言いながらスペースを空けるためにマシンを膝《ひざ》に載せ、データを保存してからアプリケーションを終了させる。紅井がテーブルに置いてあった私のレシートを取り上げて、

「毎日ノルマを守ってるんだもんなあ。しかもコーヒーはカフェインレス、サンドイッチは全粒粉の薄切りパンに無農薬野菜。どうせ、ジムできっちり運動してきた帰りでしょ？」

「今日はジムには行っていない。さっき日本に着いたばかりだし。まあ……その分、明日は早朝からトレーニングをするつもりだけど」

「押野先生は本当にすごいです。仕事をこなすだけじゃなくて体調管理も万全だなんて。運動オンチの僕には考えられません」

柚木くんが、その綺麗な色の瞳をキラキラさせながら言う。

「そんなにトレーニングしていても全然ごつくなくて、すごく綺麗だし……憧《あこが》れます」

「僕は乱したいなあ。僕がもし攻めだったら容赦しないよ」

紅井が言って私に身体を近づけ、いたずらっぽく囁いてくる。

「あなたみたいな人、甘やかして、プライドとかトロトロにして、めちゃくちゃにしちゃいたい」

そしてやけに色っぽい流し目で私を見て言う。

「……押野さんが涙を流してアンアン言うところ、見たいなあ……」

「紅井先生」

頭の上から降ってきた低い声に、紅井がびくりと固まる。

「大声での下品な発言はお控えください」

顔を上げると、そこには背の高い二人の男性が立っていた。二人ともスーツ姿、手にはコーヒーカップ。もう片方の手にはアタッシェケースだ。

「こんばんは。お久しぶりです、天澤さん。そして氷川さん、数時間振りです。空港から直帰ではなかったんですか？」

立っていたのは、私がロスに同行してもらっていた営業部の氷川さん、そして編集部の天澤さんだった。紅井に声をかけたのは氷川さんだ。

「成田から一度社に戻りました。雑務を片付けて、家に帰る途中で寄ってみました。誰かいらしているのではないかと思って」

スッと空気を切るような本当にセクシーな流し目。視線を当てられた紅井はさっきの様子が嘘のように頬を染めておとなしくなる。

「私も柚木先生がいらしているのではないかと思って寄ってみました。原稿の進捗《しんちょく》状況も、おうかがいしたいですし」

漆黒の瞳で見つめられ、柚木くんは今にも蕩けてしまいそうな顔で真っ赤になる。

氷川さんは紅井の、天澤さんは柚木くんの恋人なので（と私は確信している）、これからデートに違いない。特に久しぶりの逢瀬《おうせ》である紅井と氷川さんは、すでに切迫した雰囲気だ。きっと一刻も早く二人きりになりたいだろう。

「さてと」

私は言ってモバイルコンピュータを鞄に入れる。

「私は部屋に戻ってもう一頑張りすることにします。みなさんはごゆっくり」

そして、隣にいる紅井に囁いてやる。

「……今夜、アンアン言わされるのは、君の方なんじゃないかな？」

紅井が声も出せずに真っ赤になる。私は思わず笑ってしまいながら立ち上がり、楽しい気持ちで店を出て……ふと後ろを振り返る。

ガラスの向こうに見える、二組のカップル。柚木くんが私に気づき、手を振ってくれる。それに気づいた紅井も、真っ赤な顔のままで手を振る。そんな二人を、天澤さんと氷川さんが愛おしげな顔で見つめている。

……なんとなく、独り身が寂しくなるような光景だな。

私は手を振り返し、踵を返して自分のマンションに向かって歩き始める。

……恋人、か……。

ふいに脳裏をよぎったのは、ハリウッドで偶然出会った、あのジャンという俳優の顔だった。
逞しい身体と端麗な美貌。そしてそのルックスに似合わない大型犬のような人懐こさ。
私は慌ててかぶりを振って、彼の顔を頭の中から追い出す。
……どうしてあんな男の顔を思い出しているんだ、私は？
思うが、なぜか鼓動がとても速い。
……私は決して、あの男に会いたいわけではないからな……。

ジャン・マッテオ・ロレンツィーニ

「うわあ、うっそだろーっ！」

俺は書店の真ん中で、大声で叫んでしまう。立ち読みをしていた客が驚いて飛び退《の》き、近くを巡回していた警備員が慌てて飛んでくる。

「お客様、何か問題でも？」

「すみません。なんでもありません！　ただ……」

俺は、手に持っていた映画の原作の日本語版を警備員に見せながら言う。

「この作家さん、俺の知り合いだったんです！　全然知らなくて！　驚いたなあ！」

「ああ、そうですか。……申し訳ありませんが、店内はお静かにお願いしますよ」

警備員は迷惑そうな顔で言い、ブツブツ言いながら去っていく。

「そんなことを言われても、驚いたんだから仕方がないだろ」

俺は警備員の背中に向かって言い、それから手に持った本にまた目を落とす。

教育熱心だった義母が家庭教師を山ほどつけてくれたおかげで、俺は日本語も最低限話すことができる。もう長いことしゃべっていないので発音には自信がないが、読み書きなら不自由ない。日本語の原作を読めば理解が深まるだろうと思い、撮影の合間にここに来たのだが……まさかこんなことに……。

俺は本の折り返し部分にある著者近影を見つめ、鼓動が速くなるのを感じる。

モノクロの小さな写真。しかし彼の凛々《りり》しい美しさは十分に伝わってくる。端麗な顔に知的な眼鏡。彼には下手な俳優よりもずっと強いオーラがある。日本の読者の中には、作品だけでなく彼自身のファンも多いことだろう。

「……あんたは、ミツル・オシノというのか……」

縁があるのなら、と言った時の彼の表情を思い出しながら、俺は呟く。

……あれは、演技するなら原本も読んでおけ、というメッセージでもあったんだろうか？

俺は思い、そして棚にずらりと並んだ『押野充』の著書を眺める。このシリーズだけで十五冊、ほかに短編集と番外編が三冊。

「もちろん、すべて読ませてもらうぞ」

俺は本棚から彼の著書をすべて抜き出して積み上げ、それを持ってレジに向かう。驚いている店員の前にそれをドサリと置き、会計をしてもらう。

……あんたのことはすべて知っておく。次に会うときには、もう逃がさないからな。

押野充

……あれから一年か。

私は映画専門誌をめくりながら、あの男の顔を思い出す。

……きっと私の顔などすっかり忘れただろうな。

その後、映画の撮影は順調だという。監督は折々に簡単に編集したフィルムを極秘扱いで送ってくれて、私や高柳副編集長は試写室でそれをチェックしていた。映画のプロのやることに口を挟む気はないけれど、撮影現場の様子も映っているラッシュの映像は興味深い。

そして、私が気まぐれでスカウトしてしまったあのジャンは、実力派というだけでなくムードメーカーとしてもみなに愛されているようだった。大手俳優プロダクションに所属したらしく、この映画の宣伝も兼ねてスポンサー企業のＣＭにも出始めている。

「……あ……」

ページをめくるといきなりあの男の姿があり、私はドキリとする。

それは映画のスポンサーの一つである一流ファッション企業、『PRADO』の広告ページ。

もっさりとしたダンガリーシャツで舞台に上がっていた彼が、ピシリとアイロンのかかった白いシャツと都会的な黒の上下を着ている。場所はチャイニーズシアターの前。太陽の下に立った彼は眩《まぶ》しそうに目をすがめ、どこか照れたように微笑んでいる。少年のようにシャイな様子と非の打ち所のないルックスとのバランスが、むやみやたらとセクシーだ。

……こうして見ると、ルックスも存在感も彼はプロのモデル顔負けだ。私が最初に見つけ出し、自分が原作者の映画に出すことができたのが、今から考えれば奇跡のようだ。

ページをめくると、広告の後には彼のグラビアページ。さらに女性映画評論家からのインタビュー。映画評論家は彼の色気にやられたのか、彼を絶賛し、夢中になっている様子。

たしかに、あの時よりもさらに垢抜けた様子の彼は、都会的で、ハンサムで、さらにワイルド。女性が夢中になるのもうなずける。

「黒馬で私をさらいに来てくれた、野性的な騎士《ナイト》のよう。彼は今後、全世界の女性を虜にするに違いない」

女性記者のインタビューは、彼を絶賛する言葉で締めくくられていた。

その記事を読みながら、私は、なぜか胸がちくちくと痛むのを感じていた。

……これは……いったいなんなんだろう？

「押野先生」

頭上から聞こえた声に、私は顔を上げる。そこに立っていたのは、高柳副編集長と氷川さん。二人とも旅行用のトランクを引いている。

ここは成田空港第二ターミナルにあるシアトル・カフェ。監督が佳境に入った撮影に招待してくれ、それに参加するために出発するところだ。

「ジャン・マッテオ・ロレンツィーニですね」

氷川さんが、私が見ていた雑誌を見下ろしながら言う。

「日本ではまだ顔が知られていませんが、スポンサーの広告に起用されたアメリカでは人気が急上昇し……先週発表になった全米の『抱かれたい男』アンケートで一位にランクインしたようですよ」

彼の言葉に、また胸がちくりと痛む。

……ああ、本当にどうしたというんだろう……？

「今後も人気が出そうですね。ジャン・マッテオ・ロレンツィーニのデビュー作ということで、うちの映画は世界中で注目されることでしょう」

高柳副編集長は、やり手のビジネスマンの顔でにっこり笑う。

「そうなるといいですね。……そろそろ行きますか」

私は言いながら、雑誌を鞄に入れて立ち上がる。

……彼はもうすでに人気俳優になっている。今後もさらに有名になるだろう。

別れ際、「あんたの名前を教えてくれ」と言った、彼の必死の形相《ぎょうそう》を思い出す。今頃は、彼は私の顔など綺麗に忘れているだろうけれど。

……ああ、なぜこんなに胸が疼《うず》くのだろう？

◆

今日の撮影は、撮影所の外で行われていた。広大な空地に、倉庫を模した巨大なセットが組まれている。本物さながらのさびついた古い倉庫のセットで、暗い曇天の空が、雰囲気をますます盛り上げている。クライマックスのシーンではこれはすべて爆破されるはず。その規模の大きさに私は驚いてしまう。

「……ハリウッドは、さすがにすごいな……」

隣に立った高柳副編集長が呟き、私は思わずうなずいてしまう。

「……だからいつも言ってるでしょうが！　ＦＢＩにだけは先を越されるなって……！」

倉庫の脇に立ったジャンが、無線に向かって声を殺して怒りをぶつけている。部下役の俳優が三人彼の後ろにいる。

「……じゃあ、俺達はどうすればいいんです？　このままむざむざ帰れって……？」

彼の純粋な怒りに、そこがセットではなく本当の倉庫街のように見えてくる。

「……このままじゃ、俺や部下達が命がけで集めた証拠が無駄になるんですよ！　あんたはそうやってのうのうとデスクに座っていればいいが、俺達は……あ、畜生……！」

ジャンは悪態をつき、無線を切る。

「切りやがった。後は俺達の判断で突入するしか……」

彼は言いながら後ろにいる部下達を振り返ろうとし……。

彼が視線をめぐらせた瞬間、見つめていた私と真っ直ぐに目が合ってしまう。彼の目が驚いたように見開かれ、それからそれが怒りにも似た激しい光に変わる。

「そこを動くな！」

彼は叫び、いきなりこちらに向かって全速力で走ってくる。監督やスタッフ達の視線が、彼に合わされたままこちらに向かい……。

それに気づき、私は慌てて周囲を見渡す。間違えてセットの中に踏み込んでいたのかと思い、後退ろうとして……。

私の二の腕を、駆け寄ってきたジャンがいきなり摑んだ。アップになる迫力のある美貌《びぼう》に、私は動けなくなる。

「今度こそきちんと話をする！　撮影が終わるまで絶対に逃げるなよ、いいな！」

スタッフやほかの共演者達は、いったい何が起こったのかと目を白黒させている。高柳副編集長と氷川さんが驚いた顔をしているのを見て、これが撮影ではなくジャンの個人的な暴走なのだとやっと理解できる。

「……わかっています。逃げませんから、演技に集中してください」

私が囁くと、彼は、本当だろうな、という顔で私を睨む。

「逃げたら、また撮影の途中で飛んでくるぞ。いいな？」

「わかりました。さっさと戻ってください」

「わかった！」

彼は叫んでそのままセットに駆け戻る。驚いている撮影スタッフに向かって、

「すみません、知り合いを見つけたもんで！」

演技のままの口調で叫ぶ。

「テンションがいい感じに上がりました！　さて、本番行きましょう！」

平気で言われて、スタッフはもとより監督まで笑ってしまっている。

「わかりました、期待していますよ。では、本番……」

カメラが回り始め、ジャンの演技が始まる。私はすぐにすべてを忘れ、彼が作り上げる世界に飲み込まれて……。

◆

「忙しいのなら、休憩時間の間だけでいいんだ」

撮影が休憩に入った途端、ジャンは私の目の前に立って言う。

「話を聞いて欲しい。俺の楽屋に行かないか？」

隣にいる高柳副編集長が、私と彼の顔を不審そうに見比べている。彼は、私とジャンがほんの顔見知り程度の関係でしかないことを知っている。それもあって心配しているのだろう。

……まあ、彼が心配する理由は、それだけではないのだが。

「押野先生、私もお供しましょうか？」

高柳副編集長の言葉に、私はかぶりを振る。

「いえ、大丈夫です。私も少し彼と話したいことがありますから」

「すみません、少しだけ彼を借ります」

ジャンは意外にも礼儀正しく言い、ぺこりと高柳副編集長と氷川さんに頭を下げる。そして私を見下ろして、

「行こう。俺も、たくさん話したいことがあるんだ」

私は彼に先導されて撮影所の建物内に入る。その途中、たくさんの撮影スタッフや役者、そしてエキストラ達とすれ違ったが……ジャンはその誰とでも明るく挨拶を交わし、とても親しげだ。相手が有名俳優だろうが、建物の清掃スタッフだろうが、その態度はまったく変わらない。ジャンが撮影所で愛されている存在であることが伝わってきて、私は少しホッとする。

「ここに馴染《なじ》んでいるようですね。仕事は楽しいですか？」

歩きながら言うと、ジャンは深くうなずく。

「とても楽しい。こんな楽しくて充実した人生があるなんて、今までは想像もしていなかった」

言って、一つのドアの前で立ち止まる。

「あんたには、本当に感謝してるんだ。……入って」

言って、ドアを開け、それを押さえて私を中に入れてくれる。

「……へえ」

私は室内を見渡しながら感心してしまう。

「さすがハリウッド。待遇がいいんですね」

楽屋というので日本のテレビでよく見るようなものを想像していた私は、まったく規模が違うことに驚いていた。

部屋の広さは、日本式に言えば二十畳近く。さすがに豪華なアンティーク家具が置いてあるわけではないが、床はダークな色合いのフローリングで、モダンなデザイナー物のソファセットが向かい合っている。壁際には大きな横長の鏡とシックな木製のカウンターがあり、デザイナー物のスツールが置かれている。窓には木製のブラインドが下ろされ、半ば開いたそこから、夕方のオレンジ色の陽が斜めに差し込んで床に模様を描いている。きっときちんと片付いていれば、なかなか優雅な部屋だろう。だが……。

「ああ……っ」

ジャンが手で顔を覆って絶望的な声で呻《うめ》く。

「いいか？　そこで待っていてくれ。動かないで」

言いながら慌ててソファに駆け寄り、置かれていた枕や丸まっている毛布を抱え、壁に設置された折り戸を開けて、それらを中にしまいこんでいる。

「いつかあんたが来た時のために、いつも綺麗に片付けてたんだ」

彼は言いながら、ローテーブルの上に散らかった本や資料を積み上げ、それをカウンターの上に移動させる。

「なのに、散らかしている日に限って、待ち焦がれたあんたが来るなんて！」

見るともなしに見ると、置いてあったのは暇つぶしの小説や雑誌などではなく、警察や法律に関する本や、映画の舞台になっているこのロスアンゼルスに関する資料や写真集だった。その山の一番上に積み上げられた本の装丁に見覚えがあることに気づき、私はドキリとする。

「……それは……」

「原作を読んだ」

彼はその本を持ち上げながら、私を振り返る。それは日本語版の私の著書。今回の映画にもなっているシリーズの第一巻だった。表紙の端が擦り切れ、ページがふくらむほどに読み込まれている。

「あんた、あの映画の原作者だったんだな」

彼は表紙を開き、折り返しの写真と私の顔を見比べながら言う。私はうなずいて、

「ええ、まあ」

と答え、彼がとても怒った顔をしていることに気づく。

「さっきからいったい何を怒っているんですか？　もしかして『コネで受かったようで気に入らない』とでも？」

「そうじゃない。監督から、『ダメなら容赦なく落とせと言われた』と聞いてるし」

彼はまだ怒っているような声で言い、それから本を大切そうにカウンターに置く。そして床の上に置かれたボストンバッグを開いて、中から大量の本を取り出してカウンターに積み上げる。

「あの時あんたが名乗ってくれれば、もっと早くに読んでいた。脚本を読み込むのに夢中で、日本語原作を読むことを思いついたのは、撮影が始まってから何カ月もしてからだ」

彼が積み上げたのは、映画になったシリーズの日本語版のすべて。日本で先週発売になったばかりの最新刊まである。

「とりあえず、サインして欲しい。一冊でもいいから」

彼は、また怒った顔で言う。私は彼に促されるままにカウンターに近づく。

「わざわざ日本語版まで買ってくれたようですし、サービスです。何冊でもいいですよ」

「何冊でも？」

「ええ。サインには慣れています。全部にでもいいですよ」

私は半分冗談で言うが、彼は真面目な顔で、

「本当に？　それなら……全部に」

言いながら、私の前にすべての本を積み上げる。

……私に気を使っているのか？　それとも本気で欲しがっているのか？

「わかりました」

私はうなずき、上着の内ポケットにいつも入れているペンを取り出す。そしてサインをしようとして、あることに気づく。日本語版にもかかわらず、すべての本には読み古したようなあとがあったのだ。

「もしかして、日本語ができるんですか？」

私が言うと、彼は意外にもうなずいて、日本語で答える。

「読み書きは不自由なくできる。発音には自信がないけれど」

ほんの少し癖はあるけれど、かなり流暢《りゅうちょう》だ。私はさらに驚いて、

「いえ。立派なものです。ネイティヴと言われてもわかりませんよ」

「それは褒めすぎだ。でも嬉しいよ」

彼は言葉少なに答える。

……以前に会った時にはもっとハイな男だった気がするが、今日はやけに静かだな。

「もしかして、部屋に来いと言ったのは社交辞令でしたか？」

私は本の表紙をめくり、その裏側に次々にサインをしながら言う。

「だから怒っている？」

「違うっ！」

彼がいきなり大声で言い、私は驚いて手を止める。

「あんたの書く本は面白い。俺は……作家としてのあんたにも夢中になってしまった」

彼は言い、両手でがしがしと頭をかく。

「ああ～～～！　顔を見ただけで女神だと思っていたのに、なんで才能まであるんだ！　もう俺はあんたのことしか考えられないじゃないか！」

よく見ると彼の目元が微かに赤い。

……この男、怒っていたのではなくて照れていたのか？

私は可笑しくなり、笑うのを必死でこらえながらサインを終える。

……まったく、微笑ましい男だ。

「できましたよ」

私が最後の本を閉じながら言うと、彼は呆然とした顔で、

「早いんだな」

「販促のための店頭サイン会なら、三百から四百冊はサインします。手が覚えているので、これくらいならあっという間に終わりますよ」

「そうか……そうだよな。あんたの実力とルックスなら、きっととんでもなく人気があるだろうな。なんだか誘うのが怖くなりそうだ」

彼のイメージとは違う戸惑ったような言葉に、私は思わず笑ってしまう。

「誘う予定でもあったんですか？」

「ある」

きっぱりと答えられて、ドキリとする。彼は私の顔を見つめて、

「今日は夜中までだが、明日は夕方までで撮影が終わる予定なんだ。明日の夜、撮影が終わった後で会いたい」

低くひそめられた声に、なぜか鼓動が速くなる。

「別にいいですよ。断る理由もありませんから」

言うと、彼は顔をぱっと輝かせる。

「本当に？　本当にいいんだな？」

私の両肩を摑みながら、念を押してくる。

「いいと言ったでしょう？　それとも嘘だと言って欲しいですか？」

私が言うと、彼は勢いよくかぶりを振って、

「いや、それはだめだ。……それなら、明日の夜七時に、撮影所で。いい？」

「わかりました。撮影所の中に入るのは面倒なので、門のところでお待ちします」

「わかった。警備員室のそばにいるんだよ。変な男に絡まれたらすぐに逃げて」

彼は心配そうな声で言い、私がうなずくと、ホッとしたようにため息をつく。

「よかった……断られたらどうしようと思って、ずっと緊張していたんだ……」

「おかしな人だな」

私は笑ってしまい……それから彼がまだ休憩中であることを思い出す。私が出て行かないと彼は昼食を食べそこねることになるだろう。

「サインもしたし、明日の約束もしました。……ほかに用事は？」

「あんたの名前を聞きたい」

ジャンが言い、本に視線を落とす。

「ペンネームではなく、本名を、あんたの口から」

思いつめたような声に、私の警戒心が解かれてしまう。

「本名は、ペンネームと同じミツル・オシノ。東京在住、二十六歳、職業は小説家。ほかに知りたいことは？」

「ああ……」

彼は何かを言いかけるが、ため息をついてかぶりを振る。

「……いや、山ほどあるが、それはゆっくり聞いていく」

「まったくおかしな人だ」

私は言って踵を返し、ドアに向かう。彼は慌てたように、

「ちょっと待ってくれ！　この撮影所には美味《うま》いレストランがある！　そこでランチ……」

「午後からは書店さんへの挨拶回りと、新刊の宣伝のためのサイン会です。やり手の営業は、一秒も無駄にはさせてくれませんから」

「サイン会？　これから？」

ジャンはとても驚いたように言い、私の顔とサインをした本を見比べる。

「じゃあ、俺は、これから酷使するであろうあんたの手を、自分のワガママで疲れさせてしまったというわけか？」

世界の終わりでも告げるかのような深刻な声に、私は苦笑する。

「馴染みの書店で行うほんの小規模なものですので、サインをするのは百五十人ほど。まったく問題ありませんよ。……では、午後の撮影も頑張ってください」

私はドアを開き、廊下の少し離れた場所に、高柳副編集長と氷川さんが心配そうな顔で待機していることに気づいてまた苦笑する。

……まったく、過保護な男が多すぎる。

「待ってくれ、オシノ！　あんたこそ……」

ジャンは深刻な声で言い、すがるような目をして言う。

「あんたこそ、頑張ってくれ」

「ありがとう。では、また明日」

私は言って廊下に出て、後ろ手にドアを閉める。近づいてきた高柳副編集長達と言葉を交わしながら、私は心臓が壊れそうなほど鼓動が速いことに気づく。

……ああ、本当にどうなっているんだ、私は？

ジャン・マッテオ・ロレンツィーニ

「あそこの心理描写は、すごかったですね。オレもやりやすかったです」

撮影は、夜中の零時過ぎには終了した。すっかりハイになったのか、隣を歩くダニエルが興奮したように話している。最近よくツルんでいるクラリスは、さっさと撮影シーンを終わらせて十時には帰っていった。エージェントとの契約事項に『美容に悪いので仕事は夜の十時まで』という一文があるらしい。まったくうらやましいことだ。まあ、そのために一度も台詞を間違えない彼女のプロ根性もそうとうのものだが。

「今日のジャン、やたら輝いてましたよね！」

ダニエルが楽しそうに言う。

「本当か？」

俺が聞くと、ダニエルは深くうなずいて、

「もちろん、もともと格好いいし、演技力はすごいと思うんですけど……なんかもう、今日は特別キラキラ～ッと。もしかして……」

ダニエルは好奇心でいっぱいの顔で俺を見上げてくる。

「前から言っていた片想いの相手と、ついに両想いになれたとか？」

その言葉に、心臓がドクンと跳ね上がる。柄にもなく頬が熱くなるのを感じる。

「いやあ〜……」

昼休みに二人きりだったことを思い出すだけで、そのままどんどん鼓動が速くなる。俺は後頭部を掻きながら、

「両想いってほどでもないんだが、嫌われてはいないんじゃないかな。なんとかデートにオーケーしてもらえたし。明日、撮影が終わってからな」

「ええっ！　本当ですか？　すごいじゃないですか！」

クラリスなら「中学生並み」と馬鹿にしそうだが、ダニエルは目を輝かせて喜んでくれる。

「おまえはいいやつだなぁ。このまま恋人にできるように祈ってくれよ」

俺が言うと、彼は大きくうなずいて、

「もちろんです！　オレも演技に深みが出るような素敵な恋をしてみた……あれ？」

彼が驚いた声で言い、俺は彼の視線を追って顔を上げる。少し先にある俺の楽屋の前に、二人の男が立っていた。彼らの姿には見覚えがある。一年前のオーディションの時も、さっき撮影スタジオで押野を見た時も二人は彼のそばにいた。

……彼らは、いったい……？

茶色の髪をした方は、押野とイメージが少し被《かぶ》るしなやかな身体で柔らかな色のスーツを着こなしている。華やかな美貌の持ち主だが、その目つきは鋭い。

もう一人は俺と並ぶくらい身長のある男。ダークスーツを身につけている。黒髪の黒瞳のクールなイメージのハンサムだが、やはり目つきは厳しい。

……まさか、どちらかが押野の恋人か？　こんな夜中に訪ねてくるというのは、尋常じゃないぞ。

「お客さんみたいですね。じゃあオレ、これで」

ダニエルは言い、小声になって、

「何か問題あったらすぐ呼んでくださいね」

そしてぺこりと頭を下げ、自分の楽屋のドアを開けて中に入っていく。

……押野本人に、恋人の有無はまだ聞いていない。押野のような魅力的な男に、恋人がいないほうがおかしいかもしれない。だが……。

俺は、男達を見返しながら思う。

……押野は俺の運命の人だ。初めて見た時にそう思った。恋人がいるなら戦って奪い取るまでだ。

覚悟を決めて男達に近づく。茶髪のほうが俺を真っ直ぐに見つめたままで言う。

「撮影、お疲れ様でした」

「こんな夜遅くに、申し訳ありません」

黒髪の方が無感情に言い、こっちに歩み寄りながら揃って内ポケットに手を入れる。

……うわ、ナイフ？　まさか刺されるのか？

俺は一瞬思うが……二人が内ポケットから出したのは名刺入れだった。茶髪のほうが慣れた仕草で英文の印刷された名刺を取り出す。

「省林社の第一編集部で副編集長をしております、高柳と申します」

「……ショウリンシャ……？」

俺は彼の名刺を見下ろしながら呟き、どこかで聞いたことのある出版社だと思う。

「同じく省林社の第一営業部、氷川と申します」

黒髪のほうが名刺を差し出し、俺は呆然としたまま受け取る。

「ああ……ご丁寧にありがとう。名刺のようなものは特に作っていないので……」

俺が言うと、高柳と名乗ったほうがにっこり笑って、

「あなたのことはよく存じ上げています。わが社の映画に出ていただいているわけですし」

「ああ……！」

俺は遅ればせながら思い出す。今回の映画にはスポンサー企業が山のようにあるが、『省林社』はエンドロールの特別な場所に表示されるはず。なにせ、押野の日本語版の本はその出版社から発刊されているはずだからだ。

「あんたの会社の本、いつも読んでるよ。オシノのシリーズ、英語で読むのとはまた別のニュアンスがあって、なかなか興味深かった」

俺が言うと、高柳は少し驚いたような顔をする。俺は日本語になって、

「日本語、だいたいなら読み書きできる。発音にはあまり自信がないけれど」

言うと、彼はさらに驚いたように目を見開く。それからふっと笑って、

「いいえ、発音は完璧ですよ。弊社の本を読んでくださってありがとうございます」

丁寧な口調の英語で言う。日本語で続けようとしないところを見ると、完璧というのはきっとリップサービスなのだろう。

俺はあまり頼りにならなかった日本語の家庭教師を恨みつつ、

「よかったら楽屋に来ますか？　俺もできれば聞きたいことが……」

俺は言ってしまってから、ハッとする。押野が楽屋を出て行ってから、あまりの幸せに呆然としてしまっていた。昼食も取らずに。アシスタントディレクターが呼びに来てやっと正気に戻ったので、押野がサインしてくれた本が片付けられずに山積みになっている。インクが向かい側のページを汚してはいけないので、重石《おもし》を載せて開いたままにしてあるものも何冊かある。その様子を一目見ればサイン本だというのがすぐにバレてしまうだろう。

「あ、いや、やっぱり……」

「ご迷惑でなければ、楽屋にお邪魔してもよろしいですか？　ほかの方に聞かせたい話では

ありませんから」

彼は言って、廊下の向こうの休憩スペースに撮影所の大道具のスタッフ達がたむろしているのをチラリと見る。

「もちろん、こんな遅い時間に長居はしませんので」

彼は言い、俺は断ることができなくなる。

「わ、わかりました」

ため息をついてドアの鍵を開け、中に入る。

「どうぞ、散らかってますけど」

「お邪魔します」

「失礼します」

彼らは言って楽屋に入り……やはりカウンターの上に置かれている本に目を留める。氷川というらしいクールなほうが、

「サイン本？」

言いながらさりげなく近づき、それを見下ろす。

「これは……押野先生のサインですね」

言いながらギラリと睨まれて、俺は一瞬たじろいでしまう。

「あ、いや……ええ。サインをもらった。すぐに逃げられてしまったけれど……」

「そうですね。ぴったり十七分でした」

高柳の口から平然と言われたその言葉に、俺は愕然《がくぜん》とする。

「まさか……オシノが中にいる間、廊下で待機していた？」

「ドアの前で立ち聞きをしたりしていませんので、ご心配なく。私達はたまたまあそこの休憩室で、エスプレッソを飲んでいただけですよ」

彼は肩をすくめて平然と笑う。

「まあ、あまりにも長い時間出てこなかったり、助けを求める声が聞こえたりしたらすぐにドアを蹴破《けやぶ》って駆け込む予定でしたが」

「ええと。一つ聞いておきたいんだが」

俺は咳払いをし、それから覚悟を決めて言う。二人は揃って、何か？　とでも言いたげに眉《まゆ》をチラリと上げる。

「もしかして、あんた達のどっちかが、オシノの恋人なのか？」

言うと、彼らは微動だにしないままで私を見返す。高柳が口元を緩めながら言う。

「そうだと言ったらどうします？」

「……あ……」

浮き立っていた心が、急に冷たく凍りそうな気がする。たしかにあんなに有名な作家の彼が俺のような無骨な男に振り向いてくれるのはとても低い確率だろう。俺は彼に大抜擢されたことに舞い上がっているが、彼にとってはそれはビジネス以外の何物でもなくて……？

「そんな捨てられた犬のような顔をしないでください。罪悪感に襲われますから」

高柳が言ってクスリと笑う。

「私達は押野先生が仕事をしている編集部の人間、そして熱烈なファン。二人とも、それ以上でもそれ以下でもありません」

あっさりと言われた言葉を俺は呆然としたまま聞き……それから全身から力が抜けるのを感じる。

「……からかわないでくれ……ショックで死ぬかと思った……」

手で顔を覆ってため息をつくと、高柳が小さく噴き出す。思わず睨むと、彼はすでに笑いを消していた。氷川はクールな顔のまますっぽを向いている。

……なんだか、百戦錬磨という感じがするぞ。作家なんて難しそうな人種だから、編集や営業というのはこんなふうでないとやっていけないのだろうか？

「押野先生はあの筆力と構成力と才能を持ち、さらにあれだけの美形だ。熱烈なファンも多いんです」

高柳は、今度は本当に真面目な顔になって言う。

「彼は見た目はデキるクールな男というイメージですが、実は意外なほど無鉄砲で無防備だ。私を始め、編集部の人間はそこを心配しています」

氷川が複雑な顔をして、

「日本にいる時には行動も把握できますが、このロスアンゼルスではそれも難しい。しかも彼はいつの間にか消えているし。……ああ、今夜は仕事を始めたのでこのまま朝まで集中してくれて外出はしないと思いますが」

彼は言って、深いため息をつく。それが本当に心配そうで、俺の心がちくりと疼く。

「あんたら、本気でオシノのことを心配しているのか？　ホテルの部屋に毎日監禁してもっとたくさん原稿を書かせようとかそういうのではなく？」

「編集をなんだと思ってるんですか？」

高柳はムッとした顔をし、それから小さくため息をつく。

「まあ、そうしてやりたい作家は何人もいますけどね。少なくとも押野先生は〆切を破ったり要《い》らぬワガママを言ったりはしませんよ。……まあ……そこもまた心配なんですが」

実感のこもった声に、俺は妙に共感を覚える。

「そうなんだよな。最初に俺の公演に来た時も、フラッと一人で歩いてきたんだぜ？　あの辺はハリウッド・ブルヴァードの中でも一番治安が悪い。一夜の相手を探すマッチョなゲイが、鵜《う》の目鷹《たか》の目で美人を探してるって言うのに」

俺はあの日のことを思い出しながら、思わずため息をつく。

「俺は劇場の外で見ていたんだが……その辺にいるゲイ達の視線を独り占めだったぞ。あんなんじゃ、いつさらわれてもおかしくない。……なのに本人は全然気にしていないし。……すごく心配になった」

「あなたとは気が合いそうです」

高柳が唐突に言い、俺は驚いてしまう。彼は俺のような無骨な男とはまったく違う雰囲気だったからだ。

「本当に？」

「ええ。ですから、私達から一つお願いしたいことが」

俺は、「仕事の邪魔になるから彼と別れろ」なんて言われても絶対に言うことは聞かない、と思いながら彼の声にうなずいて……。

押野充

……ちゃんと時間通りに終わったんだろうな？

タクシーを降りた私は、腕時計を見下ろしながら思う。

……誘っておいて、遅刻をしたらただではおかないぞ。

彼の楽屋でサインをした次の日の夜。私はホテルからタクシーに乗り、ジャンとの約束の場所、撮影所の門の外に来た。ここでハリウッドスターが撮影をしていることはマニアの間では有名で、観光客や熱心なファンが門の中を覗《のぞ》きながら出待ちをしているのを何度か見かけた。今も誰かのファンらしき男が、きょろきょろしながら近づいてくる。

……そういえば、警備員室のそばにいろと言っていたな。

私は思い出して移動しようと歩きだし……。

「もしかして……作家のミスター・オシノですか？」

私は、いきなり話しかけられて、とても驚く。

振り返ると、そこには一人の男が立っていた。スーツを着ているので社会人だろうが、その目は落ち着きがなく、口調はどこかおどおどしている。

「そうですが？」

私が言うと、彼は嬉《うれ》しそうに笑みを浮かべて、

「あなたのファンなんです。原作者が撮影を見に来ていると業界雑誌に載っていたので、出てこないかと毎日通っていました。でもこんなに早く会えるなんて……！」

……そういえば……。

私は男の風体《ふうてい》を見ながら、ふと思い出す。

……昨日も、タクシーの中からこんな感じの男が門の前をうろついているのを見た。女優のファンかなにかだろう、ずいぶん熱心だな、と思っていたのだが……。

「私はトニー・マクドネルです。あなたに何度もファンメールを送っていますが、読んでくださっていますか？」

私はその名前を聞いてハッとする。私へのファンメールはほとんどが日本語だったが、映画化が決まって注目されたのか海外からのいろいろな言語でのメールも増えた。解《わか》らない言語のものは編集部に回して詳しいスタッフに翻訳してもらうが、幸い英語はできるので彼のメールも読んでいた。

「もちろん読んでいます。お名前も覚えていますよ。いつもありがとうございます」

私が言うと、彼はとても感激した顔で、

「ああ……私の名前を覚えてくれているなんて！」

彼は手を伸ばし、私の両手を強く握り締めて言う。

「本当に嬉しいです！　よかったらこの後で食事でもしませんか？　あなたの作品についてお話ししたいんです！　いいですよね？」

まくしたてられて、私は苦笑する。

「いや……とてもありがたいお誘いですが、ちょっとこの後は用事があって……」

「でも私はあなたの数年来のファンなんですよ？」

急に悲しそうな顔をされて、私はちらりと罪悪感を感じる。

「それは本当にありがとうございます。でも本当に……」

「お願いです。時間がないのならお茶だけでも……」

彼は私の手を強く握り締め、身体《からだ》が触れそうなほど私に近づいてくる。こうしてみると彼は私よりもだいぶ背が高く、力も強そうだ。欧米人の距離感に慣れていない私は、その押しの強さに戸惑いを感じ……。

「その人から手を離せ」

後ろから低い声がして、私は慌てて振り返る。そこにいたのは、今まで見たこともないような怒りの表情を浮かべたジャンだった。

「お前、何をしている？　新手《あらて》のナンパか？」

ジャンにギロリと睨《にら》まれて、男は私の手を離して後退《あとずさ》る。

「わかりました。この男と約束があるんですね。……でも、また次の機会にもっとゆっくりお話できたら嬉しいです」

言ってそそくさと去る彼の後ろ姿に、ジャンは歯をむき出して唸《うな》る。

「もう来るな！」

……まったく、まるで野獣だ、この男。

「彼は私の作品のファンだと言ってくれたんです。乱暴なことはやめてください」

「あんた、あの男の目をちゃんと見てたか？　まるで獲物を狙《ねら》う野獣みたいだった。あんたは無防備すぎるんだよ」

ジャンはさらに怒ったような顔で言う。

「俺に初めて声をかけてくれた時だって、劇場に一人で来ていただろう？　男共があんたのことをずっと狙ってたのに気づかなかったのか？」

「思い違いでしょう。いくらアメリカとはいえ、そんなにゲイが多いとは思えないし」

私が言うと、彼は深いため息をつく。

「日本じゃどうだか知らないが……このロスではゲイは掃いて捨てるほどいる。あんたはこんなに美人でくらくらするほど色っぽいくせに、やけに無防備だ。気をつけないとほんの一瞬で食われちまうぞ」

彼の大げさな言い草に、私は思わずため息をつく。

「私はごく普通の男です。美人でも色っぽくもないし、ゲイがどうだこうだと言われてもまったく実感など湧《わ》きません」

「仕方がない。あんたがロスにいる間、俺がボディーガードを引き受ける。プライベートで出かける時はいつもついて行く。……いいな？」

彼の突拍子もない申し出に私は呆《あき》れる。

「仕事に支障が出たらどうするんですか？　お断りします」

「ああ〜、もう！」

彼は手で顔を覆ってわめき、それから私の顔を真《ま》っ直《す》ぐに見下ろしてくる。

「俺はな、あんたが無防備にその辺をうろうろして、おかしな男共に声をかけられてたら……そう思ったら、逆に演技に集中できないんだよ！」

「本当に演技に集中していれば、私のことなど忘れられるのでは？」

「そんなことができるわけがないだろう！」

彼は大きな両手で私の両肩を摑《つか》んで、

「俺がしゃべってるのはあんたが書いた台詞《せりふ》、俺が演じてるのはあんたの中から生まれたキャラクター、あの映画はあんたが作り上げた世界観でできているんだ！　俺は、どんなシーンを撮っていてもあんたのことを意識してる！　あんたがどんなつもりでこの台詞を書いたのか、どんな意図があってこういうシーンを書いたのか……」

彼の両手が私の肩をグッと強く握り締める。

「俺は今、この映画にすべてを賭《か》けてる！　だから完璧な演技をして、完璧な映画にしたいんだ！　そのためには、俺のそばであんたが幸せそうにしてくれなきゃダメなんだよ！」

「ええと……」

彼のあまりの迫力に、私はさらに呆然《ぼうぜん》としてしまう。人に触れられるのなど嫌いなはずなのに、なぜか肩を摑んでいる彼の手が振り払えない。彼の目はこのうえなく真摯《しんし》で、その手はまるですがるようで……。

「……私が、安全な日本に帰るという選択肢は……」

キッと強く睨まれて、私はため息をつく。

「わかりました。勝手にすればいいでしょう」

「本当か？」

彼は心底ホッとしたように叫ぶ。

「やった！　これであんたを守れる！」

彼はまるで大型犬のように感情が開けっぴろげだ。それが、なぜか不愉快ではない。

「俺があんたを絶対に守る！　安心していてくれ！」

喜びに満ちた顔で叫ばれて、私は思わず苦笑してしまう。

……まったく、なんなんだこの男は？

◆

「よお、ジャン！　今夜はまたすごい美形を連れてるな！」

「あら、ジャン！　もしかしてあんたの劇団の新人？　それなら絶対に観に行くわよ？」

彼が歩くだけで、さまざまなテーブルから声がかかる。賑《にぎ》やかな雰囲気が、なんだかとても目新しい。

ジャンが私を連れて来たのは、ロスアンゼルス市内にあるイタリア人街だった。賑やかな飲食店が連なるここは、まさに小さなイタリアという雰囲気。オリーブオイルとトマトの香りが食欲を刺激する。

ジャンは声をかけてくる常連客達に気さくに挨拶を返している。

「彼は役者じゃない！　しかも俺が本気で狙ってる！　口説《くど》こうとしても無駄だぞ！」

ジャンの言葉に店内が盛り上がる。ジャンは呆れたような顔で、

「まったくうるさい店だなあ。だが、味は保証するので許してくれ」

彼はウエイターに手を振って合図を送り、店の一番奥にある個室に私を押し込む。六畳ほどの狭い部屋だが、白い漆喰《しっくい》の壁と木材の床、赤と白のチェックのテーブルクロスがアット

ホームな雰囲気でとても落ち着く。壁にかけられた黒板には、今夜のおすすめ料理が所狭しと書いてある。窓からは、よく手入れされた小さな中庭を見ることができた。

……清潔で、活気があって、しかし落ち着く。東京でもそうだが、こういう店はたいてい美味《おい》しい料理を出す。

「ここならうるさいやつらは来ないから。……どうぞ、ここからなら庭が見える」

彼は言いながら、ごく自然な仕草で椅子《いす》を引く。

「え？　ああ、すみません」

彼の様子があまりにも板についていたので、私は「女性ではないのでエスコートしなくていい」という台詞を飲み込んだまま、つい席に座ってしまう。

「あなたのアルバイト先はピザ屋でしたね。そこでもこんなふうに？」

「え？　何が？」

彼は不思議そうに言いながら、テーブルの角を挟んだ隣に座る。

「アルバイト先のお店でも、こうして女性客に椅子を引いてあげているんですか？」

彼は何の話だろう、とでも言いたげな顔で、

「椅子？　いいや。バイト先はナポリ出身のじいさんが一人でやってる店で、テイクアウト専門。だが味は最高なので、昼時には行列ができる」

彼はくつろいだ様子で背もたれに体重を預け、楽しそうに言う。

「最近は、やっとのことでじいさんに負けないくらいのピザが焼けるようになってきた」

彼は頭上でピザ生地を回す仕草をして、

「できるだけ続けるようにしてたんだが、最近は撮影が佳境に入っているからなかなかシフトに入れない。今は、近所の大学生達が臨時でバイトに入ってくれてる。だがみんななかなか筋がよくてそのうち抜かれそうだ」

「じいさんというのは、あなたの実のお祖父《じい》様のことですか？　ということは、あなたはナポリの出身？」

「俺があのじいさんの孫？」

彼はなぜか驚いたように言い、それからふと優しい顔で微笑《ほほえ》む。

「本当にそうだったら楽しそうだ。ロスに来たばかりの時、あまりに美味《うま》い店を見つけたのでバイトさせてもらうことにしただけで、血のつながりはない。本当の孫のようによくしてもらっているけれどね。……さて」

彼はテーブルの上にあったメニューを開き、私の方に向けて差し出してくれる。

「いつもお任せを頼んでるんだが、嫌いなものはあるか？　酒は？」

ジャンの言葉に、私はかぶりを振って、メニューを閉じる。

「酒はなんでも。嫌いなものはないので任せます。できればセコンドは肉ではなく白身魚で。新鮮な野菜をたっぷり添えてもらえると助かります」

「それは大丈夫。……マルコ、注文！」

ジャンが席を立って個室のドアを開き、外に向かって叫ぶ。そして入ってきた小柄なウエイターに言う。

「俺はいつものやつ。彼のために白身魚で何か、あと最高の野菜でコントルノを。酒は……『ガヤ　コスタ・ルッシ　２００６』は入ったか？」

ジャンが、あるワインの名前をすらすらと言ったことに私は少し驚く。

……このワインは……。

私は作家仲間とよく行くバーでそれを飲んだときのことを思い出す。現代的でシンプルなラベルに騙《だま》されがちだが、その中身はとても重厚で奥深い。しかも実はとても高価。東京だと一本五万円近くするワインだ。もちろん、レストランで頼めばもっと上乗せされる。

ウエイターはにっこり笑ってうなずき、

「あなたがあんまり言うので、なんとかゲットしたみたいです。出世払いでいいってオーナーが言ってました」

「いちおう働いてるんだぜ？　今夜もちゃんと払うからさっさと持って来い」

「今夜は、でしょ？」

ウエイターは可笑《おか》しそうに言う。

「うるさいぞ、ガキのくせに。……料理ができるまで邪魔するなよ！　彼と大事な話があるからな！」

「わかりました。成功を祈ります」

ジャンに親指を立ててみせ、威嚇《いかく》されて部屋から逃げて行く。しかしあっという間に戻ってきて、一本のワインとグラスを二つ、それにつまみらしいグリッシーニを置いていく。私に向かって投げキスをして、ジャンに後頭部をはたかれて慌てて消える。

「まったく」

ジャンは深いため息をつき、それから一緒に置いていかれたソムリエナイフを手に取る。

「あのガキ、油断も隙《すき》もない」

言いながらソムリエナイフを革ケースから取り出し、慣れた様子でそれを開く。

私もワインはよく飲むが、未《いま》だにソムリエナイフの使い方が今ひとつよく解らない。彼が小さなメタルナイフでキャップに切れ目を入れていくのを、思わず見つめてしまう。

「前から生意気だったんだが、最近さらに色気づいてきて……」

彼は言いながらスクリューをコルクに差し込んでいく。

「しかも生意気なことに、すごい面食いなんだよなあ」

キュッキュッという小気味いい音を立てながら、スクリューがコルクにねじ込まれていく。よく使われているコルク抜きに比べて、ソムリエナイフを使うのはコツがいると思うのだが、彼の動きにはまったく迷いがなく、その大きな手の動きはまるでベテランのソムリエのように優雅だ。

「ワインが好きなんですか？」

私が聞くと、彼は苦笑して、

「あんたとデートだから奮発した。普段はビールばかりだが」

「それにしては慣れていますね。コルクの開け方」

私が言った瞬間、ごく軽い音を立ててコルクが抜けた。彼はスクリューから抜いたコルクの香りを嗅《か》ぎ、満足げにうなずいてから、

「ああ……うるさくやらされたからな。大人ならこれくらいのことはできないと、とか言いながら、うちのソムリエに」

「あなたの家にはソムリエが？」

冗談だろうと思いながら私は言うが、彼はなぜか本気で慌てたようにかぶりを振る。

「いや、そうじゃない！　行きつけの店のソムリエ？　どのソムリエかは気にするな！」

彼がなぜそんなに動揺しているのかが解らず、私は呆気《あっけ》にとられる。

……そういえば。

私は同業者である紅井《くれない》悠一《ゆういち》のことを思い出していた。

……最初に会った頃の紅井も、こんなふうにおかしなことに動揺していたな。

彼は日本有数の富豪の家の御曹司だが、最初はそれを隠そうとしていた。ひょんなことか

ら口を滑らせて仲間内にはバレたのだが……その原因になったのが「うちの執事」という言葉だった。私達は冗談だと思ってからかったのだが、彼は本気で動揺した。そして自分が執事のいるような屋敷に住んでいること、しかし昔の栄華はもうなくひたすらわびしいことなどを告白した。きっと、家のことで必要以上に擦り寄られたり、逆に嫌な目に遭ったりしたことがあるのだろう。もちろん私達はそんなことで彼の見方が変わったりはしなかったが。

「本当はデキャンタしたほうがいいんだろうが、今夜は気取らない席だからいいよな？」

彼は言いながら、私の前のグラスに赤ワインを注《つ》ぐ。乱暴な口調に似合わずその手つきは繊細で、ワインを一滴も垂らしたりしなかった。しかも、白ワイン用やミネラルウォーター用などのさまざまなグラスが並ぶ中、正しく赤ワイン用のグラスに注いだ。

……まさか、ジャンも、紅井と同じような境遇……？

私は目の前にいる、陽気でがさつな男を見つめながら思う。

「さて、乾杯をしよう」

ボトルを置いた彼が、自分のグラスを持ち上げながら言う。

「あんたは作家だ。今夜に相応《ふさわ》しい乾杯の台詞はわかってるよな？」

「そうですね」

私は言ってグラスを持ち上げる。

「映画の成功を祈って」

「ええ〜っ？」

彼がとても不満そうに言い、私は面食らってしまう。

「どうして不満なんですか？　ほかに何が？」

「初めてのデートなんだぞ？　……二人の愛が永遠であることを祈って。乾杯！」

彼は早口に言い、私のグラスに勝手にグラスをぶつけてしまう。

「なんなんですか、もう」

私はやけに嬉しそうに笑っている彼に呆れてしまいながら言う。そしてワインを飲み……。

「うわ、美味しいな」

思わず感動の声を上げてしまう。

日本にいる時には出版社持ちの接待も多く、酒好きの高柳《たかやなぎ》副編集長にすすめられて高いワインや希少なウイスキーなどもいろいろ飲んできた。だが……。

「こんな美味しいワインは久しぶりです。なんというか……濃密で、しかしエレガントだ」

「ワインが好きなようだな。あんたと飲めて嬉しいよ」

彼はワイングラスの底の部分を指先で持ち、白いナプキンの上でグラスを斜めにしている。

「本当は三十年くらいは寝かせることができるんだが。でもこの若さもなかなかいいな。綺《き》麗《れい》なガーネットだ」

彼は言い、グラスを上げてゆっくりと回し、その香りをゆっくりと吸い込む。

「ブラックベリー、スミレ、ローストしたコーヒー豆。うん、いいバランスだな」

私は慌ててグラスを持ち上げ、香りを嗅いでみる。言われてみるとそんな気もするが、私には言葉にして具体的に言うことなどできない。やはりそうとうワインに詳しいのだろう。

……貧乏役者の彼が大富豪の御曹司だなんて、そんな設定はさすがに突飛すぎるが……。だが、私は彼の所作の端々に隠しきれない優雅さが滲《にじ》んでいることに気づいていた。

……なんというか、本当に不思議な男だ。

ジャンがグラスを持ち上げ、ワインをゆっくりと飲む。グラスに押し当てられた男っぽい唇、上下する喉《のど》。彼がよく陽《ひ》に灼《や》けた、なめし革のように滑らかな肌をしていることに気づいて、なぜか鼓動が速くなる。

……いや、別に男の喉を見てドキドキする必要などどこにもないだろう。

思うが……ふとあることを思い出す。

……そういえば、一年前、この男からキスをされたんだった。

彼の公演の後の、ハリウッド・ブルヴァード。彼はタクシーに乗った私を追いかけてきて、いきなりキスを奪った。

頬《ほお》が熱くなるのを感じ、私は慌てて彼から目を逸《そ》らしてワインを飲む。

……一年も前のこと、それに二人とも酔っていた。きっと彼は忘れているだろう。

「……なあ」

彼の言葉に目を上げると、彼は私を真っ直ぐに見つめていた。

「……俺達、キスしたよな？」

いきなり言われた言葉に、私は思わずむせてしまう。慌ててグラスを置き、布ナプキンで口を拭《ぬぐ》って言う。

「覚えていたんですか？」

「忘れるわけがないだろう？」

彼は私の目を真っ直ぐに見つめながら囁く。

「あんたのこと、そしてあんたとのキスのこと、俺は一年間、一日たりとも忘れなかった」

彼の声は低く、そしてとてもセクシーにひそめられている。鼓動がどんどん速くなるのを感じて、私は動揺する。

「覚えていたんですか、ってことは……あんたもちゃんと覚えてたんだな。忘れられたかと思っていたのに」

彼はどこかつらそうな声で言い、私を真っ直ぐに見つめる。

……ああ、どうしてこんなふうになるんだろう？

彼の漆黒の瞳から目を離せなくなりながら、私は必死で反撃の言葉を考える。だが、こんなふうに見つめられたら何も考えられない。

「ずっと考えていたんだ。もしもあんたにまた会えて、あんたがあのキスを覚えていたら、もう一度……」

「お待たせしましたぁ！」

いきなりドアが開き、私はハッと我に返って彼から目を逸らす。ジャンが手で顔を覆って上を向き、ため息をつく。

「ああ、もう……ノックくらいしろ、ガキが……」

なぜかとてもつらそうな声で言う。

「ええ～、急に入ってこられてはヤバいことでもしてたんですか？」

マルコは楽しそうに言うけれど、ジャンが上を向いたまま答えないのを見て、ヤバい、という顔をする。

「うわ、本当に？　すみませ～ん」

マルコが私達の前にたくさんの野菜が盛られた深皿を置き、ドアを開け放したままで外に出て、さらに大きなピザの載った皿をそれぞれの前に並べる。

「シェフ自慢の野菜の盛り合わせ、それからピッツァ・マルゲリータです。……ジャンさん、元気を出して続きをどうぞ」

マルコは言い、私にウインクをして部屋を出て行く。

「……ああ……せっかくのいい台詞が、あいつのせいで台無しに……」

「ピザが冷めますよ」

私が言うと、彼はため息をついて視線を正す。

「わかった、ピザは熱いうちに食べるのがイタリア人の鉄則だからな」

彼はフォークとナイフを使って、ピザの一切れを器用に畳んでいる。

「あなたは手づかみで食べるかと思った」

私が言うと、彼は肩をすくめて、

「アメリカ人はよく手でピザを食べるが、イタリアではあまりしない。第一熱いだろう？」

「たしかに、こんなに大きなピザでは食べづらいかもしれませんね」

私は言いながら、ナイフで大きなピザの一切れをさらに切って口に運ぶ。口の中に、新鮮なトマトと生バジルの香りが広がる。モッツァレラチーズは蕩《とろ》けそうにクリーミー。もちもちとした生地は香ばしくてとても美味しい。

「なるほど。たしかに美味しいです。東京にも石窯《いしがま》を置いて薪《まき》でピザを焼くようなイタリアンが増えましたが、やはり全然違う」

「だろう？」

「しかし、ピザを一人一皿ずつでは多くないですか？」

そのピザはふわりと膨《ふく》らんだ縁の部分以外はかなり薄い。しかし大きさは直径四十センチほどある。

「日本の宅配ピザなら、パーティー用のLサイズくらいありますよ」

「イタリア人はピザをシェアしないんだ。大食いだからというわけではなく、昔からな。人のピザの皿に手を出したら叩《たた》かれるぞ」

彼は楽しそうに言う。

「あんたは見るからに小食そうだ。食べ切れなかったら俺が食べてやる」

彼の皿を見ると、すでにあっさりと自分の分を食べ終わっている。私は彼の食欲とスピードに驚いてしまいながら、

「でしたら、ここからここまでをどうぞ。ほかのメニューがすべて入らなくなりそうです」

「たしかに、先は長いからな」

彼は言い、いきなり私の左手を摑む。驚いている間に、食べようとしてフォークに刺していたピザをぱくりと食べてしまう。

「……あっ」

「間接キスだ」

言っていたずら好きの子供のような顔でにやりと笑われて、私は呆れるのを通り越して笑ってしまう。

「本当に変わった人だな」

私は言いながら、しかし彼といると新しいシーンが次々に浮かぶことに気づいていた。彼が演じているマクスウェル刑事と、彼の素《す》の性格は本当に似ている。ピザに関する蘊蓄《うんちく》も、

大きなピザをあっさりと平らげてほかの人間のピザに手を出すところも、いつかそのまま作品に使えそうだ。

「そこがよくて俺をスカウトしたんだろう？　それとも演技力？　いや、やはり顔か」

楽しそうに言われて、私は突っ込む気力をなくす。そして新鮮なサラダの載った深皿を手前に持ってくる。

「変わった野菜が多いですね。美味しそうだ。……これはなんと言う野菜ですか？」

サラダを見下ろしながら言うと、彼はため息をついて、

「少しは俺のことも見てくれよ。そしてかまってくれよ」

情けない声で言い、それから自分もサラダの皿を引き寄せる。

「これは、手作りのマヨネーズを添えたカルチョーフィ。英語で言うアーティチョークだな。かなり立派だけど。生のままのこれはフィノッキオ……ウイキョウだ。そしてこれがラディッキオ……赤チコリ。そしてこれがロマネスコというカリフラワー。一房一房が尖《とが》っていてとても綺麗だろう？　そしてこれは茹《ゆ》でたアスパラガス。イタリア人はアスパラガスが大好きだ。添えてある半熟卵を割ってソースにして食べる。卵添えのアスパラはとてもシンプルだが、一流のイタリアンにもよくあるご馳走《ちそう》だ」

「どれも美味しそうだ。とてもありがたいです」

私はフォークを動かしてみて、あまり馴染《なじ》みのないそれらの新鮮な美味しさに驚く。

「どれもとても新鮮で甘いです。イタリア野菜というのは本当に美味しいですね」

彼は微笑んで、私の顔を覗き込んでくる。

「野菜が好きなんだな。だからそんなに肌が綺麗なんだな」

まるで女性にでも言うような言葉。だが本気で感心したように言われると怒るに怒れない。

「ここのオーナーは郊外に畑を持っていて、店で出すのはそこで採《と》れたばかりの無農薬の野菜だ。牛乳も肉類もその近くの畜産農家から分けてもらうもので……ホテルの気取ったレストランなんかよりずっと美味いものを食べさせてくれる」

彼の言葉に、私は少し驚いていた。ロスアンゼルスに来てから食事はほとんどホテルの近くのベジタリアン用のレストランだった。来ているのはいかにもセレブといった雰囲気の客ばかり、値段はとんでもなく高い。だが、東京ならともかくアメリカではそういう場所に行かないと新鮮な無農薬野菜を食べるのは不可能だと思っていた。

「それは助かります。いい店がわからなくて、いつも、ホテルの近くのベジタリアン向けのレストランばかりでしたから」

私の言葉に、彼は驚いたように目を見開く。

「ベジタリアン向け？　ビバリーヒルズのホテルに泊まっているのなら……『ナチュラルズ』のことか？」

「ええ、よくご存知ですね」

私が言うと彼は深いため息をつく。

「あそこはクソ高いし、それほど新鮮な野菜じゃない。見てくれだけはいいけれど。……まるでハリウッドみたいに、なぁんて」

ふざけた口調で言うけれど、どこか実感がこもっている。私は彼の顔を見つめながら、

「ハリウッドが嫌いなのですか？」

「そうじゃない。ハリウッドも映画業界も大好き。だが貧乏な下積みも長かったからな」

彼は肩をすくめ、それからふと苦笑する。

「ああ……でもよく考えてみれば、貧乏よりも、あんたに会えなくて苦しんでいた、この一年のほうが苦しかったかな」

さらりと言われた言葉に、柄《がら》にもなくドキリとする。

……まったく、この男は。こんなことをさらりと言うし、これだけのルックスだし……さぞ遊んできたのだろうな。

心の中が、なぜかざわめいている。

……別にこの男に何人恋人がいようと、私には関係のないことで……。

「あんた、恋人は？」

「……えっ？」

心の中を見透かされたような問いに、私は苦笑する。

「今は恋人はいません。作っても、すぐに別れてしまうでしょう。私は女性にとって、神経質で、窮屈で、退屈でしかない男のようです」

「女性？」

彼はなぜか不審そうに言い、それからこの上なく真面目《まじめ》な顔で言う。

「あんた、男と付き合ったことは？」

私はその言葉に驚き、怒っていいのか笑っていいのか解らずに少し考える。それから、

「アメリカ……特に西海岸でゲイやバイは珍しくないかもしれませんが、日本ではまだまだマイノリティです。私ももちろん同性と付き合ったことはありません」

「じゃあ、ヴァージンなんだ？　そんなに美人なのに？」

彼は呆然とした声で言う。あまりにも邪気のない口調で、私はまた怒る機会を逃してしまう。仕方がないのでため息をついて、

「品のない人だ。……そうですね、たしかに後ろはヴァージンです。私の名誉のために言わせていただければ、もちろん前は経験済みですが」

「……うっ」

彼は呻《うめ》いて、手のひらで口と鼻を覆う。私は呆れてしまいながら、

「下品なことを言い始めたのはあなたですよ。露骨なことを言われるのが気持ち悪いのなら、

最初から言わずに……」

「そうじゃない。あんたが急に色っぽいことを言うから、鼻血を吹きそうになった」

彼は言い、私から目をそらす。こんなに男らしいハンサムなのに、その顔が真っ赤になっていて……私は思わず噴き出してしまう。

「本当におかしな人だ。一緒にいて飽きませんよ」

「それなら一緒にいよう。ずっと」

いきなり言われた言葉に、私は呆然とする。

もちろん冗談ということは解っているが……どうしても反論ができない。

「俳優業で食いっぱぐれたら、ナポリでピザ屋をやりたいな」

彼はテーブルに肘《ひじ》をつき、手の上に顎《あご》を載せて、さらにじっくりと私を見つめる。

「見晴らしのいい坂の上に店を建てよう。あんたは海が見える部屋で原稿を書けばいい。俺が世界一美味しいピザを作ってやるから」

私は何も言うことができないまま、呆然と彼を見返す。

晴れ渡る南イタリアの空、紺碧《こんぺき》の海。眩《まばゆ》い陽光を浴びて幸せそうに微笑むジャンの姿が、やけに鮮やかに目の前に広がってしまったからだ。

「……いいかもしれないですね……」

私の唇から勝手に言葉が漏れる。彼が驚いた顔をしたことに気づき、私はハッと我に返る。

「いえ、あなたの夢がいいという意味で、そこに一緒にいたいというわけでは……」

「嘘《うそ》だ。顔に書いてある。俺の嫁になって一生一緒にいたいって」

彼はやけに得意げに言い、私はまた呆然とする。

私はがさつな人間がとても嫌いだ。だが、彼といることは不思議と嫌ではない。

……ああ、本当にどうしたというのだろう？

私は一流といわれる大学を出て、すぐに作家になった。すぐに売れて有名になったし、テレビへの出演も多かったことから街を歩けばサイン攻めにあうこともある。作家としては順風満帆だと思っていたのだが……私は自分の世界が狭いことに気づく。

……もしかしたら私は誰かと喜びを共にする、そんな生活に憧《あこが》れているのかもしれない。

◆

「ミスター・タカヤナギ、ミスター・ヒカワ」

私をホテルまで送ったジャンは、ロビーラウンジでバーボンを飲んでいた高柳副編集長と氷川《ひかわ》さんに、自分から声をかける。

どうやら彼らは連絡を取り合っていたみたいで、ジャンに向かって「お帰りなさい」などと言っている。

……そういえば、ジャンはさっきこそこそ電話をしていたな。

「いつの間に仲良くなったんですか？」

言うと、高柳副編集長は肩をすくめて、

「押野《おしの》先生、止めてもどうせ遊びに行くでしょう。そのことについて、彼と少し話をしました。昨夜のことです」

「昨夜《ゆうべ》、タカヤナギさんとヒカワさんが俺の楽屋を訪ねてきてくれたんだ。真夜中、あんたが仕事をしている間にね」

ジャンが楽しそうに言う。

「彼らは最初、あんたが遊びに行こうとしているのを見かけたら、もしくはガイドを頼まれたら、おとなしくしているように説得してくれないかと頼んできた」

「……なんて過保護な編集部なんだ。信じられません」

私が睨むと、高柳副編集長はにっこり笑う。

「いえいえ。こんなのはまだ序の口ですよ。紅井先生あたりは、旅館に監禁して同じ部屋に担当が詰め、原稿が出来上がるまで二十四時間監視態勢です。……さっきやっと原稿が上がったと担当から電話があったので解放しましたが」

朗《ほが》らかに言われて、私は脱力する。

「私は〆切を破ったことなど一度もありませんけど……」

「今月末には雑誌原稿の〆切があります。あなたの特集号の原稿をいただく前に、ケガでもされたら大変ですからね」

高柳副編集長はわざとらしく心配そうな声で言うが、その口元は笑いをこらえるように微かに引きつっている。後ろに立った氷川さんが、神妙な顔で頷《うなず》いている。

……作家風情が、百戦錬磨の彼らに対抗するのは不可能かもしれない。

私はため息をつき、それからジャンに目をやる。

「それで？　説得してくれと頼まれて……あなたはどう答えたんです？」

「あんたは子供じゃない。縛ろうとしたって無理だろう？　だから立候補したんだ。あんたのボディーガードに」

ジャンの言葉に、高柳副編集長が深くうなずく。

「私達とミスター・ロレンツィーニの利害が一致しました。もちろん、押野先生が嫌がるようでしたら強制はできないので、説得はそちらでお願いしますと言ったのですが……」

「彼は、俺が警護を務めることをオーケーしてくれました」

ジャンが自信たっぷりに言い、高柳副編集長が満足げにうなずく。氷川さんが、

「本当によかったです。映画のプロモーション中という大切な時期に、押野先生の身に何かあったら本当に大変ですから」

いつにも増して真剣な顔で言う。

「一昨日《おととい》の書店での小サイン会がとても好評で、売り上げがどんどん伸びています。あなたのファンも増えるでしょう。それに伴って危険も大きくなります」

「危険？」

私は思わず微笑んでしまいながら、

「みなさん楽しい読者さんばかりで、危険など感じませんでした。だいいち、このロスアンゼルスに来てから、危険な目になど一度も……」

「だからあんたは無防備すぎるっていうんだ」

ジャンが怒ったような声で私の言葉を遮《さえぎ》る。そして高柳副編集長と氷川さんに言う。

「ご報告しなくてはいけないことがあるのですが」

私達はロビーラウンジの一人掛けソファに移動し、そこに座った。

「何かありましたか？」

氷川さんが心配そうに身を乗り出す。私は仕方なくジャンの隣に座り、

「別にたいしたことは……」

「そうじゃないだろう。まったく無防備なんだから」

ジャンが私の言葉を遮って言う。高柳副編集長達に向き直って、

「撮影所の門のところで、ミスター・オシノはおかしな男に声をかけられていました。しつこく話しかけられ、腕までつかまれて……」

「おかしな男だなんて大げさだ。彼は私のファンなんだぞ。失礼なことを言うな」

私は言うけれど……高柳副編集長は顔を曇らせる。

「まさか、あのメールの男が現れたのでは？」

さすが、やり手だけあって高柳副編集長はとても鋭い。私は言い当てられて少し驚く。

実は。作家へのメールにはごくたまに過激なものや変わったものが含まれることもある。あの男からのメールは現実と妄想が入り混じったような内容で、高柳副編集長は以前から心配していた。私は……単なる空想好きとしか思わなかったのだが。

「私はどうしても抜けられない仕事があって、明後日《あさって》にはここを出発しなくてはなりません」

高柳副編集長はとても心配そうな顔で言う。

「押野先生も、一緒に日本に戻っていただけると安心なのですが」

まるで子供扱いするような言葉に私は呆れる。

「私はいつも一人で世界中を旅しています。そんな心配は無用ですよ」

「でも、やはり安全が一番なので……」

いつもは放任主義の高柳副編集長が、今回はやけに慎重だ。

「ですから」

ジャンが、私達の言葉を遮る。

「今後も、俺がミスター・オシノのボディーガードをします。今夜だけでなく、彼がこちらにいる間ずっと」

その言葉に、高柳副編集長はやけにホッとした顔をする。

「それなら安心です。もしもご迷惑でないなら」

彼の言葉に私は驚いてしまう。

「ちょっと待ってください。こんなどこの馬の骨とも知れない獰猛《どうもう》男《おとこ》にずっとボディーガードをされるくらいなら、一人で観光したほうがマシです」

高柳副編集長は私の言葉を肩をすくめただけで受け流し、

「一年前はたしかに無名でしたが、今のミスター・ロレンツィーニは、全米一の大手エージェント、そしていくつもの企業と契約を交わす新進気鋭の俳優。……エージェントからお聞きしましたが、身元なら、これ以上ないほど明らかですよ」

ジャンがその言葉に少し驚いた顔をする。

「ええと……もしかして、俺の一族の商売のことも？」

「失礼ながら聞かせていただきました」

「……一族……？」

私が聞くと、ジャンは慌てたように言う。

「いや、別にたいした話じゃないんだ。とりあえず、マフィアじゃないから安心して」

高柳副編集長が、私に向き直って言う。

「作家さんのご希望にはできるだけ沿うようにしたいのですが、最近のロスアンゼルスはとても治安が悪いです。お一人で行動なさるというのなら、安全のために引きずって帰りますよ」

迫力満点の顔で睨まれて、私はため息をつく。

「わかりました。……無料で観光ガイドをしてくれるというのなら、それは助かりますし」

私の言葉に、ジャンは目を輝かせる。

「わかった！　それならボディーガード兼ガイドということで決まりだ！」

彼のやけに嬉しそうな様子に私は毒気を抜かれる。本当に、子供みたいな男だ。

ジャン・マッテオ・ロレンツィーニ

高柳や氷川のお墨付きがあったせいか、押野は毎晩のように夕食に付き合ってくれるようになった。さらに、次の日曜日のデートまでオーケーしてくれた。

俺はドライブを計画し……しかし自分の持っている車が、別荘に置いてあるランボルギーニ・ガヤルド・スパイダーしかないことに気づいて青くなった。これは祖父母が数年前のクリスマスにプレゼントとしてくれたもの。明るい水色で、コンバーチブル。海沿いを走るのには最高の車だが……日本円にして二千五百万円もする車は、貧乏俳優にはどう考えても相応《ふさわ》しくなかった。しかし、撮影が押しに押してレンタカーを借りに行く時間がなく……俺は仕方なくこの車で彼をホテルまで迎えに行った。

エントランスから出てきた彼は、車を見てチラリと眉《まゆ》を上げた。俺が慌てて「友達から借りたんだ。ちょっと派手かな？」とごまかすと、彼は特に何も言わずにそのまま助手席に乗り込んだ。まあ、貧乏俳優に二千五百万円の車を平気で貸す友人がいるのも不自然だが……何も言わなかったところを見ると、車にはあまり興味がないのだろう。そのほうが助かるが。

「ここからの景色は、ロスの海岸沿いの中でも一番のお気に入りなんだ」

浜辺のマリーナに車を停めた俺は、水平線を指差しながら言う。

「レドンド・ビーチ。観光客はほとんど来ない、地元の穴場だ。季節になるとイルカの群れも見られる」

「イルカ？」

彼はいきなり反応し、目を輝かせて言う。

「野生のイルカがいるんですか？　それはすごいな」

「イルカ、好きなのか？」

俺が言うと、彼はいつものクールな雰囲気とは別人のような顔で素直にうなずく。

「好きですね。美しくて賢くて……まあ、海の生物はどんなものにでも興味があります。実家は江ノ島というところで、近所に水族館があって……昔からよく家族で行きました」

彼の言葉に秘められた響きが、ふいに俺の心をあたためる。

「あんたの家族は、どんな感じ？」

俺が聞くと、彼は不思議そうな顔をして、

「どんなと言っても……ごく普通ですよ。父、母、五歳下の双子の弟達。今は二人ともすっかり大きくなって立派に会社勤めをしていますが……弟の世話に慣れているので、年下の作家達が可愛《かわい》くて仕方ありません」

彼はクスリと笑うと、とても愛《いと》おしげな顔で、

「一人は内気で、一人は生意気なので……ちょうど後輩の作家コンビに似ているんですよ」

その優しい目に、ちくりと嫉妬《しっと》を感じる。

……いや、大人げないのは解っているのだが。

「あとは？　ご両親はどんな感じ？」

俺が聞くと、彼は苦笑して、

「なんなんですか？　父は地元の高校の社会科教師、母は専業主婦。父は頑固でいかにも昔の日本の父という感じです。私が融通が利かない、無愛想と言われるのは、父の影響かもしれません。ですが、包容力があって優しい父です。ああいう男になれたらいい、ずっとそう思っています」

彼の優しい顔は、きっと父親を本当に尊敬しているのだろう。

「母は料理がとても得意で、『美味しいものを食べると元気になれるのよ』が口癖。いつも美味しい料理を作ってくれました。私の野菜好きは母のおかげです」

「いいご家族なんだな」

俺が言うと、彼はクスリと笑って、

「まあ、そうですね。……で？」

彼は海から俺に視線を移す。

「あなたのご家族はどうなんですか？　……ああ、ちょっと想像がつくな。大柄で料理上手なお母さん、少し頑固なお父さん、そして妹や弟がたくさん。あなたの陽気さから考えて、故郷は南イタリア……ナポリ周辺でしょう？」

彼の言葉に、俺は陶然とする。そんな家族なら、とても理想的なのだが。

「少し違う。育ったのはミラノ。俺のお洒落《しゃれ》さを見れば一目でわかるだろう？」

彼は少し驚いた顔になり、

「北イタリアの男性はもっと紳士的かと思っていました。意外ですね」

「俺は根っからの紳士なのに」

俺が頭を抱えると、彼は可笑しそうに笑い、俺の肩をポンポンと叩く。

「元気を出してください。普段はともかく……スタイリストが着付けてくれた時には少しはお洒落に見えますから」

彼は楽しそうに言って、シートベルトを外す。

「こんなところで眺めていないで、砂浜を歩きませんか？　貝が拾えるかもしれない」

煌《きらめ》くような笑顔で言って、するりと車を降りて行く。砂浜への階段を下り始めた彼の後ろ姿を見送りながら、俺は少し沈んだ気持ちになる。

俺の母親は小さな劇団の売れない女優だった。たまたま舞台を観に来ていた大富豪に見初《みそ》められて愛人になったが……小さな俺を抱えて、苦労の連続だった。

大富豪の父は優しいが優柔不断な男で、本妻と愛人のどちらも選べなかった。そしてある嵐の夜、幼い俺を連れず、二人きりで崖《がけ》から落ちて死んでしまった。警察は事故と判断したが、事情を知る人間の間では、未だに無理心中の噂がまことしやかに囁かれている。

祖父母や義母が、遺《のこ》された俺を受け入れてくれたのは奇跡のようにラッキーなことだと思う。さらに兄はとても親切で、会社や遺産を分け与えようともしてくれる。

……俺はラッキーだ。親切な家族と演劇への興味がある。悲しがることなど何一つない。

俺は自分に言い聞かせ、そして顔を上げる。砂浜に下りたかと思っていた彼が、階段の途中に立ち、私を真っ直ぐに見つめていた。

こうしてみると、彼は本当に見とれるほど美しい。

……しかも、あんな美人と、こんなふうにデートまでしてるんだ。

眼鏡《めがね》の向こうの瞳が、夕日を反射して宝石のように煌く。

シンプルな綿シャツが、強い潮風にあおられて身体にぴたりと張り付いている。

どこか愁いを帯びた表情が、俺の心をいやおうなしに揺らす。

……ああ、どうしたらいいんだろう……？

俺は彼を見つめたままで思う。

……こんなにも、人を好きになってしまうなんて。

……彼は、どうしてあんなに寂しそうな顔をしていたんだろう？

私はそのことが、とても気になっている。

……私は、彼に何か悪いことを言ってしまったのだろうか？

私とジャンは、マリーナから一隻の大型クルーザーに乗り込んだ。白く美しい船にはシェフやウエイター、コンシェルジェや執事までが乗り込んでいた。彼はまた「友人に借りた」と言っていたが……従業員達——特に執事のセバスティアーノ氏——はやけに彼と親しげだった。

……友人ではなく、これが自分の持ち物だとしたら？

このクルーザーはメガヨットと呼ばれる規模のもので、一番手軽なものでも数千万円、普通なら何十億円もするようなもの。新作で登場させるために資料を集めたので間違いない。これはクイーンシーズ社の最新モデル。普通の職業の人間が持てるようなものではない。

さらに、彼が乗っていたあの車はランボルギーニ・ガヤルド・スパイダー。日本円で二千五百万円ほどだが、コンソールのデザインを変えたりシートをオーダー仕様にしたりとカスタマイズをしてある様子だったので……四、五千万は下らないだろう。そして「友人から」と言いながら、彼の運転は完璧だった。馬力がある分とても癖のあるスポーツカーで、普段から運転をして慣れていないとあれほどのドライビングは無理だろう。

……まさか、イタリアンマフィアの家系とか？

私は思うが、執事を始めとする使用人達が完璧なクイーンズイングリッシュを話し、一流ホテルも顔負けのサービスをしてくれる。とてもマフィアに雇われているとは思えない。

……本当に、いったい何者なんだろう、この男は……。

「『ジュゼッペ・クインタレッリ　アマローネ　クラシコ　１９９８』でございます」

近づいてきた白髪のソムリエが、私にワインのラベルを見せてくれる。

……これも、この間と同じような高級ワイン。日本で買ったら五万円はするだろう。以前に飲んだことがあるが、濃厚なフルボディーのとても美味しい赤だった。

「ありがとう。いいワインですね。楽しみです」

私が言うと、彼はにっこりと微笑み、ポケットから出したソムリエナイフを使ってそのメタルキャップをはがし、スクリューをコルクにねじ込んでいく。その優雅な仕草を見た私は、瞬時にジャンのワインの開け方を思い出した。少し特徴的で優雅な手つきが特に。

……似ている。ジャンは、うちのソムリエに教わったと言っていたが……もしかして、彼がジャンにコルクの開け方を教えた張本人だろうか？

ソムリエは素早くコルクを抜くと、向かい側に座ったジャンのグラスに、少しだけワインを注ぐ。

ジャンはとても慣れた様子でワインの色を観察し、グラスを揺らして香りを嗅ぎ、それから一口をゆっくりと飲む。

「ああ……いいな」

「はい、なかなかの掘り出し物でした」

ジャンとソムリエが親しげに会話を交わす。ジャンは何度も「友人の船」を繰り返していたけれど……どう見ても主人とその屋敷のソムリエにしか見えない。

ソムリエが二人のグラスにワインを注ぎ、ジャンがそれを持ち上げる。

「……何に乾杯しようか？　そうだなあ、二人の初めてのクルーズ……」

「映画の成功を祈って」

私は彼の言葉を遮って言い、彼にグラスを上げてみせる。それからワインをゆっくりと一口飲んでみる。

「美味しいですね。アーモンド、干しぶどう、いろいろなスパイス……あと……」

「チェリー。とても複雑なワイン。……だろ？」

彼は私の言葉を遮って言い、ソムリエを横目で見上げる。ソムリエはにっこり笑って、

「お二人ともお見事です。オシノ様もさすがでございますね。さすがジャン様のご友人」

満足げに言って、礼をして踵《きびす》を返す。

……また、ジャン様だ。主人の友人を呼ぶにしては、やけに親しげな口調で。

「お待たせいたしました」

彼と入れ替わるようにして執事のセバスティアーノが甲板に出てくる。

「アンティパストには、有機野菜のグリエをご用意いたしました。オシノ様は野菜がお好きだと、ジャン様からお聞きしましたので」

セバスティアーノ氏は言い、純白のテーブルクロスに皿を置く。金彩の施されたプレイスプレート、銀のカトラリー、蠟燭《ろうそく》の光を反射するたくさんのクリスタルのグラス。船の上だというのに、まるで一流レストランのようだ。

置かれた皿の上には、こんがりと焼かれた茄子《なす》や色とりどりのパプリカ、ズッキーニ、芸術的な形のカリフラワーのロマネスコなどがたっぷりと盛られている。上等のオリーブオイルの香りが食欲をそそる。

「こちらがシンプルなオリーブオイルとイタリアの岩塩。こちらのバーニャカウダソースをつけていただいてもまた美味しゅうございますよ」

「どうもありがとう。いただきます」

私が言うとジャンはなぜか心配そうな顔でセバスティアーノと私を見比べている。

ウエイター達が焼きたてのパンをたっぷりと入れた籠《かご》をテーブルに置き、礼をして甲板から去っていく。

「ああ……野菜が本当に美味しい。この船のシェフもいい仕入れをしているようですね」

私は、ほくほくとして甘い野菜のグリエを味わいながら言う。

「そうだろう？　俺があの店のシェフを紹介したから」

「この船の持ち主は、あなたの友人なんですよね？　使用人達とも、とても仲がいいということは、しょっちゅう船を借りている？」

私がつい言ってしまうと、彼はとても困った顔になる。

「ああ……いや……まあ、ね……」

そして口ごもるようにして答える。何かを隠していることがとても心苦しい、とでも言いたげな様子だ。本当に表情が開けっぴろげな男だ。

……やはりこの船のオーナーはジャンなのだろうか？　あの車も？

私は思うが……だからと言って別にどうということもないと思う。

……友人がメガヨットを持っていようが、高価なスポーツカーを乗り回していようが、私にはまったく関係がない。ただ……。

私は内心小さくため息をつきながら思う。

……彼に隠し事をされるのは、少しだけ寂しい気がするな。

ジャン・マッテオ・ロレンツィーニ

「……やはり、彼は俺が隠し事をしていることに気づいているだろうか？」

クルーザーの厨房に入った俺は、そこにいたシェフやソムリエ、それに執事のセバスティアーノに言う。

食事を終えた押野は、甲板でウエイター達と話をしている。どうやら海に興味があるようで、彼らと盛り上がっていた。俺は「ドルチェを頼んでくる」と言ってここに来たのだが……押野に見とれてはしゃいでいたウエイター達と押野のことが気になって仕方がない。

ここにいる使用人達は、俺が屋敷に住み始めてからずっと親切にしてくれた。両親にいきなり死なれ、義母や兄に罪悪感があった俺にとっては、ことあるごとに優しくしてくれ、時には叱《しか》ってくれる彼らは、とても大きな心の支えだった気がする。

「あの方はとても聡明そうに見えます。それにジャン様は昔から隠し事ができない。気づいていらっしゃるのでは？」

ソムリエが言い、俺はため息をつく。

「そう……だろうか？　なんにせよ、こんなところにコソコソ様子を聞きに来ている俺はとても間抜けだよなあ」

思わず言うと、セバスティアーノがクスリと笑う。

「ジャン様がそういう性格だということは私達は昔から存じておりますから」

その言葉に、俺はますます落ち込みそうになる。

「そういう性格っていうのは、間抜けにかかっている言葉？」

俺が思わず睨むとセバスティアーノは笑みを深くして、

「そうではありません。ハンサムでカリスマ性があって、強引で豪胆に見えますが、とても繊細で優しい方だという意味ですよ」

彼の言い方が子供の頃に聞いたものと同じで、俺の心が少しあたたかくなる。

「そうやってみんなに励ましてもらえたから、今の俺があるのかもしれないな。……まあ、ただの売れない俳優だが」

「何をおっしゃいますか」

シェフが驚いた顔で言う。

「今のジャン様は、アメリカの若者の一番の憧れの存在です。うちの高校生の孫も、『NICE』のCMに出ているあなたをみて大ファンになり、あなたが履いていたスポーツシューズを買っただけでなく、髪型まで同じにしてしまいました」

セバスティアーノが、

「ともかく。オシノ様は優しそうで聡明そうで、私達は彼のことがとても好きになりました。あなたが彼に夢中なこともよくわかりました。……私達はあなたの恋を応援しますよ」

「ありがとう。それに本当に気を使わせてすまない。俺は、昔からおまえ達には頼りっぱなしで……」

俺が言いかけた時、壁に備え付けられたインターホンのスピーカーから、さっきまでここで休憩をしていたコンシェルジェの声が聞こえてきた。

『ジャン様、まだそこにいらっしゃいますか？』

「ああ、いるぞ？」

俺が通話ボタンを押しながら言うと、相手は、

『二時の方向に、イルカの群れを発見しました。そんなところで油を売っている場合ではないのでは？』

笑みを含んだ声で言い、通話が切れる。俺はセバスティアーノ達を振り返って、

「デートに復帰する。成功を祈ってくれ」

言って厨房から出て、甲板への階段を駆け上る。

押野充

「オシノ！　何をぼんやりしてる？　あそこ！」

甲板に走り出てきたジャンが言い、ウエイター達と話していた私は彼を振り返る。

「なんですか？」

「なんですかじゃない！　イ・ル・カ！」

彼の指差した方向に目をやると……。

「……あっ！」

月明かりに照らされた海を、ゆっくりと移動して行く影が見える。大きな仲間だと思って興味を引かれたのか、群れは船に近づいてくる。

そのうちの一頭がふいに加速し、空中に大きく飛び上がる。それの真似《まね》をするようにして、ほかのイルカもジャンプを始めて……。

「すごい！」

月明かりに煌く水滴、そして驚くほど近くに見えるイルカの身体。それは艶々《つやつや》と光ってまるでガラス細工のように美しくて……。

「……なんてラッキーなんだろう？　野生のイルカのジャンプを、こんなに近くで見られるなんて……！」

私が思わず見とれてしまいながら呟《つぶや》くと、彼はクスリと笑って言う。

「……俺もめちゃくちゃラッキーだ。あんたの子供みたいな顔を、こんなに近くで見られたんだから」

その言葉に、頰が思わず熱くなる。

……ああ、やはりこの男といると私はどこかおかしくなってしまうんだ。

ジャン・マッテオ・ロレンツィーニ

「とても楽しかったです。あなたのおかげだ。どうもありがとう」

ホテルに向かうリムジンの中で、押野が言う。こちらを向かず、前を見たままでこんなことを言うところが……クールというか憎らしいというか……。

「喜んでもらえてよかった。俺も楽しかった」

俺は、完璧に美しいラインを描く彼の横顔に見とれながら言う。

彼の髪からはいつもの芳《かぐわ》しいコロンの香りのほかに、微かな海の香りがする。さっきまでのとてもロマンティックなクルーズを思い出して、俺の胸がズキリと痛む。

……ああ、本当なら、絶対に帰したくないのに……。

思いながら、彼の横顔から車の後方に視線を逸らす。リムジンは、毎日の撮影が行われている撮影所の前を通り過ぎるところだった。そして門の前に、見覚えのある一人の男がいるのを俺は見つける。男は警備員につめよって何かを聞こうとしている。うんざりした警備員の顔から、きっと押野のことをしつこく聞いているのだろうと思う。

……まだあきらめていないのか……。

俺は思い、目を逸らそうとして……。

男が、何かを直感したかのようにふいにこちらを振り返る。とても遠いのではっきりとは解らないが……男の目が、リムジンに乗った俺の姿と、そしてその隣に座る押野の顔を認めたような気がした。

男の目がギラリと光った気がして、俺の背中に、ゾクリと寒気《さむけ》が走る。

……あんな距離で、しかもこんなに暗い車内が見えるわけがない。

俺は思うが……嫌な感触は拭えなかった。

「どうしたんですか？　ぼんやりして。もしかして酔っていますか？」

イルカについて楽しそうに話していた押野が、不思議そうに言ってくる。俺は、

「いや……そうじゃなくて……」

言いながら、いろいろなことを考える。それから、

「明日もデートしよう。いいよな？　イルカを見せてあげたお礼ということで、断ったりしないよな？」

言うと、彼は仕方ないなという顔で苦笑する。

「わかりました。上げたい仕事があるので、時間は少し遅いほうがいいのですが」

押野があっさりと承諾してくれたことに、俺はホッとため息をつく。

「待ち合わせ場所のことだけれど……あんたはエグゼクティブ・フロアに泊まっているんだろう？　専用ラウンジがあるなら、そこにしないか？」

不思議そうな顔をする彼に、慌てて、

「そこなら夜遅い時間でも冷えないし、俺の撮影が万が一延びたとしても、それまで仕事をしていられるだろう？」

俺の言葉に、彼はうなずいて、

「それは名案です。……二十八階が、専用ラウンジです。ラウンジのフロントにあなたのことを言っておきます」

その言葉に、俺はさらにホッとする。

……あの男は気が弱そうに見えるが、危険な雰囲気がある。押野とはもうかかわらせないようにしなくては。

押野充

深い眠りの底にいた私は、しつこく続く音で目を覚ます。目覚まし時計かと思って枕元を探り……ここが東京の自宅ではなく、ロスアンゼルスのホテルであることを思い出す。

私の眠りを妨げたのは、サイドテーブルに置かれたホテル備え付けの電話だった。

私は上半身を起こし、だるさと眠さにため息をつく。

昨夜はジャンと一緒にクルーザーで遅くまで過ごした。リムジンで送ってもらった後も話が尽きずにホテルのバーで飲んでしまい……部屋に戻ったのは朝の四時だった。シャワーを浴びてバスローブに着替えたところまでは覚えている。はだけたバスローブを着ているところを見ると、そのままベッドに転がり込み、熟睡してしまったらしい。

……信じられない……規律と禁欲をあんなに愛していたはずの、この私が。

着信音はいつまでも続く。サイドテーブルから腕時計を取って見ると、時間は朝の八時半。寝不足の私にとっては殺人的な時間だ。私はため息をつきながら前髪をかき上げ、それから手を伸ばして受話器を取る。

「はい」

『こんばんは～、そっちは夜でしょ？』

聞こえてきたのは、作家友達である紅井悠一の声だった。私はため息をついて、

「違う。朝の八時半だよ」

私が言うと、紅井は驚いたように、

『うわあ、ごめんなさい！　計算間違えちゃった！』

言ってから、楽しそうに笑って、

『でも押野さんならもうとっくに起きてたでしょ？　なかなか電話に出なかったけど、もしかしてホテルのプールから帰ってきたところ？』

私はその言葉にため息をついて、

「いや……昨晩、ワインを飲みすぎた。今起きたところだよ」

『えええええーっ！』

紅井の叫びが、頭にガンガン響く。

「紅井くん、頼むから大きい声はやめてくれ。二日酔いかもしれない」

『うわ、ごめんなさい。……しかし、どんなに飲んでもいつも顔色一つ変えない押野さんが、二日酔い？　いったいどうしちゃったの？』

紅井は心配そうに言う。声をひそめてくれているのがありがたい。

「ガイドをしてくれているジャン・マッテオ・ロレンツィーニという俳優が、とんでもないザルなんだ。負けるのは悔しいので同じくらい飲むんだが……どうしても勝てない」

『いや、そんな勝負、しなくていいから』

紅井は呆れたように言う。それから、

『そういえば、氷川さんが日本に帰ってきた。で、彼から聞いたよ。高柳副編集長も帰ってきたのに、押野さんだけ、一人でハリウッドに残ったって』

彼はどこか不思議そうな声で、

『……ハリウッドってそんなに面白い？　前はそういう観光地、まったく興味なくなかった？』

「まあね。でも、地元に詳しいガイドがいるとけっこう楽しいよ」

私は言い……それから自分でも不思議だと思う。

今までの私は小説の取材のためか、執筆の疲れを癒《いや》すためにしか旅行をしていなかった。こんなにじっくりと一つの都市を楽しむのは、もしかしたら初めてかもしれない。

『あ、そうだ。久しぶりに押野さんの声が聞きたかったっていうのもあるんだけど……ちょっと気になることがあって電話したんだった』

「気になること？　いったい何？」

『さっき、あなたがスカウトしてきた俳優さんの名前が出ましたよね。ジャン・マッテオ・

ロレンツィーニって。それ、芸名じゃなくて本名？』

「そうだと聞いた。……気になることって？」

私が聞くと、紅井は少し迷ってから、

『その人、僕の知り合いかもしれません』

彼の言葉に、私は本気で驚いてしまう。

「知り合い？」

『っていうか、二、三度、会ったことがあるだけなんですけど。もしかして、彼の出身はミラノじゃないですか？』

「そう聞いたけれど……」

『……ううん、やっぱりそういう名前だったよなあ……同一人物かなあ……？』

紅井は呟く。それから、

『その人、ロレンツィーニ家の御曹司じゃないですか？』

「ロレンツィーニ家？」

『日本には社交界がないからあんまり知られてないですけど……海外ではめちゃめちゃ有名ですよ。ロレンツィーニ家っていうのは、イタリアで大手銀行を経営してる大富豪の一族です』

その言葉を、私は呆然と聞く。

……ジャンは自分の素性をまったく話してくれない。そして、私はジャンが普通の庶民ではない特殊な育ち方をしてきたのではないかと思っている。もしかしたら……。

紅井は、見た目も中身も今時の若者そのものだが……実は由緒正しい旧家の出で、欧州の社交界にも詳しい。その彼が言うのだから、この情報は正確だろう。

『まあ、同姓同名じゃなければ、ですけど』

「そのロレンツィーニ家の御曹司はどんなルックス？　映画の宣伝と絡めた広告写真はもう見たかな？」

私が言うと、紅井は唸り、

『日本ではまだ小さい予告広告しか出てないんです。さらにモノクロだからライティングもきついし……』

「では、君が知っているその御曹司は、どんなふうだった？」

私は思わず聞いてしまう。紅井は興奮したように、

『いや、ものすっごいハンサムでしたよ。僕が会ったのは正式な晩餐会《ばんさんかい》だったから、彼も燕《えん》尾服《びふく》姿だったんだけど……すごいオーラで、まるで王子様みたいに高貴な感じで……』

「王子様？」

私はジャンのハンサムだがワイルドすぎる顔を思い出す。

「じゃあ、別人かもしれない。あいつはそういうタイプじゃない」

『でも、あなたが一目惚《ひとめぼ》れしてオーディションを受けさせたほどのハンサムなんでしょ？　燕尾服を着たら王子様になるかもしれないですよ。……あ、いいこと思いついた』

　紅井は楽しそうに言う。

『もしも同一人物だったら、僕の名前を覚えていると思います。その御曹司は重度のミステリーマニアで、僕と密室トリック談義に花を咲かせていましたから。カマをかけてみたらどうですか？』

「君は、ミステリー作家であることを家族に秘密にしていなかった？　カマをかけるなら、君が作家ということは言わないほうがいい？」

　私が聞くと、彼は苦笑して、

『実は少し前からバレてます。だから、彼に言ってもいいですよ。それにもしその俳優さんが僕が知ってるあの人なら、言いふらしたりはしないでしょう。ああ……』

　彼は少し考えてから楽しそうに言う。

『二人が同一人物だったら本当に面白いな』

ジャン・マッテオ・ロレンツィーニ

トニー・マクドネルと名乗った危険なあの男は、次の日もやはり撮影所に現れていたらしい。俺は仲良くなった警備員に頼み、「ミスター・オシノは日本に帰ったようだ。だから撮影所にはもう来ないだろう」と言ってもらった。しかしマクドネルはあきらめていない様子で、まだ門の周囲をうろついては押野の姿を探しているらしい。

……押野はとても美しい。心を奪われるのも無理はない。だが、絶対に渡さない。

ミラノの屋敷を出て単身アメリカに渡った俺は、たくさんの危険な目に遭ってきた。その間に、人を見る目は養えたと思う。

……あの男は、絶対に危険だ。

俺は押野との待ち合わせ場所を撮影所ではなく、彼が宿泊しているホテルのエグゼクティブ・ラウンジに変えた。そこならあの男に見咎《みとが》められることはまずないし、会った後は専用エレベーターで地下の駐車場まで下りることができるからだ。

夕方までの撮影を無事に終えた俺は、ラウンジのフロントのスタッフに声をかけ、押野から話を聞いていたという彼に、席に案内される。

大きな窓から夜景を見渡せる一番奥の席に、彼が座っているのが見える。

その麗しい姿を見るだけで、俺の鼓動が速くなる。

しなやかな身体を包むのは、白い綿シャツ。長い脚を強調する、黒の革パンツ。椅子の背に黒い上着がかけてある。映画の撮影に入ってからほかの俳優達の影響もあってファッション雑誌を見るようになったが……彼が着ているのはすべてグッチの新作だろう。仕立てのいいシックな服装が、彼のダンサーのような見事なスタイルを際立たせている。

見とれるような端麗な美貌《びぼう》。横長の銀縁《ぎんぶち》眼鏡が、彼をクールで知的に見せている。

彼は膝《ひざ》の上にモバイルコンピュータを置き、長い指を魔法のように動かしてキーを打つ。とんでもない速さだが、まったく打鍵音《だけんおん》が聞こえない。無駄な力を一切使わない、完璧なフォームで打っているせいだろう。

俺が近づき、向かい側のソファに座っても、彼はモニター画面に目を釘付《くぎづ》けにしたまま、まったく気づかない。

「オシノ？」

「……ん？」

呼ぶと条件反射のように答えるが、その目はモニターを見つめたまま、指のスピードはまったく変わらない。

「仕事は進んでいる？　仕事がしたければ、今日の誘いはキャンセルでもいいよ」

「……ん？　ああ……」

彼は答え、それから書くことに夢中になっている声で、

「……あと、四十五分だけ待ってくれ……」

言って、また別の世界に行ってしまう。

「はいはい、女王様」

俺は答えて思わず微笑み、近づいてきたウエイターにバーボンのソーダ割とピスタチオを頼んで腰をすえる準備をする。そして上着の内ポケットから文庫本を取り出す。表紙が擦り切れるほど読んだそれは、俺が出演している映画の原作、その日本語版。彼がこの間サインをしてくれた、俺の宝物だ。

彼の紡ぐ物語はプロットが優れているだけでなく、緻密《ちみつ》なトリックと、複雑で緊張感に満ちた人間関係と、そして主要キャラクターの愛すべき個性で成り立っている。何度読んでも新しい発見があり、胸が躍るのは、一流のエンターテインメントというだけでなく、その世界観の驚くほどの美しさにも理由があると思う。

……執筆している作者本人と向かい合い、その著作を読むというのは、とても贅沢《ぜいたく》なことかもしれないな。

俺は思い、ページをめくって彼の世界にダイブし……。

押野充

書き上がった原稿をテキストデータに変換してメールに添付し、私はそれを送信する。送信先は日本の省林社《しょうりんしゃ》。たった今、このシリーズの新作が書き上がったところだ。

私はホッとため息をついて顔を上げ……ソファの向かい側に座った男に目をやる。

彼は長い脚を組み、くつろいだ姿で本を読んでいる。ローテーブルに灯《とも》る蠟燭の明かりが、彼の彫刻のように彫りの深い顔立ちを浮かび上がらせている。

こうしてまじまじと見ると、彼は本当にハンサムな男だ。紅井が、燕尾服を着たところは王子様のよう、と言っていたのを思い出す。

……ミラノの大富豪、ロレンツィーニ家の、御曹司……？

私は彼を見つめながら思う。

……どうして、そんな男が、ハリウッドで売れない俳優をしていたんだろう？　やはりただの同姓同名というだけなのだろうか？

「……ん？」

ページをめくっていたジャンが、私の視線に気づいたようにハッと顔を上げる。

「ああ、すまん。終わっていたんだ？」

「ええ、ついさっき」

私はうなずいて、

「あのシリーズの新作が上がりました。今、編集部にデータを送ったところです」

「何っ！」

ジャンは本を閉じて身を乗り出してくる。

「新作が……出るのか……？」

「あのシリーズはまだ途中です。出るに決まってるでしょう」

私が言うと、彼はとても感激したような顔で言う。

「……すごい……」

「何がですか？」

「あのミツル・オシノが新作を仕上げる瞬間に立ち会えたんだ。ファンとしてはとんでもなく光栄だよ」

彼の目が少年のように煌いているのを見て、何かくすぐったいような気持ちになる。

「……私にとって、〆切に合わせて作品を仕上げるというのは、すでにルーティン・ワークでしかありません。でも、あなたの視線を通すと……それはとても素晴らしいことのような気がしてきます」

「実際、素晴らしいことだろう？　新しい作品が、この世界にまた一つ生まれるということなんだから！」

ジャンは言い、それから白い歯を見せて開けっぴろげな表情で笑う。

「おめでとう、オシノ。お疲れ様」

その声がやけに優しく聞こえて、鼓動が速くなる。私は動揺をごまかそうとして、

「私にとってはルーティン・ワークだと言ったでしょう？　まあ、とりあえず無事に仕上がったので、ホッとはしましたが」

「お祝いをしなくちゃいけない」

ジャンは言いながら立ち上がり、私の手を取って立ち上がらせる。

「部屋に荷物を置いたら、いつものあの店に行ってラザニアで乾杯だ。食後のコーヒーは俺の部屋で。最高のエスプレッソをご馳走するよ」

彼のはしゃいだ様子に、私の心までが浮き立ってくる。

……ああ、本当に、最近の私はどうかしている。

◆

その夜。いつもの店で最高のイタリアンを楽しんだ後、私は彼の部屋に向かっていた。

「いや、本当にオーケーしてくれるなんて思わなかった」

彼は私の肩を抱くようにしてエスコートしながら、緊張したように言う。

「部屋を掃除しておいてよかった。神様ありがとうございます」

「まったく大げさな人だ」

私は言うけれど……自分がどうして彼の「これから部屋で飲み直そう」という言葉にうなずいてしまったのか、自分でも理解できない。

「こっちだ。すぐだから」

そのまま賑やかな通りを数十メートルほど歩く。彼はふいに角を曲がり、路地に入る。外側に古風な非常階段のある建物が、どうやら彼のアパートのようだった。

家賃は安そうではあるが、狭い前庭には芝生が植えられ、バラが育てられている。アパートの壁には青々とした蔦《つた》が這《は》い、大きな葉を茂らせている。よく見ると入り口の立派な木製のドアの真鍮《しんちゅう》のノブはピカピカに煌いている。多分、大家さんがマメなのだろう。ジャンはドアの脇にあるボタン式のロックを操作する。ドアは一見古そうだが、ロックがかなり厳重な電子錠であることに私は驚く。

「セキュリティーはしっかりしているんですね」

「一応。このアパートの大家は元警官で、セキュリティーにだけはうるさいんだ」

鍵が解除された音がしてドアが開き、私は彼にエスコートされて中に入る。

そこは古びているけれど、かなり立派な空間だった。濃いワイン色の大理石が張られたロビーには、歴史を帯びたシャンデリアが下げられている。正面には真鍮で彩られた扉を持つ、映画で見るような古風なエレベーターがある。

ロビーの右手には艶のある木でできたカウンターがあり、その中には白髪の男性が座っている。年齢は七十歳を超えていそうだが、まだ十分に元気そうで、若い頃から身体を鍛えてきた人間らしい凛々《りり》しさがある。

「こんばんは、リチャード副署長」

ジャンがフロントの男性に声をかけ、男性はとても嬉しそうに笑いながら言う。

「おかえり、マクスウェル刑事。ずいぶんな美人を連れているな」

彼がジャンのことを映画のキャラクター名で呼んだことに、私は少し驚く。ジャンは、

「彼はオシノ。映画の関係者です。いろいろと打ち合わせがあるので、今後も寄ってくれると思います。彼を見たら入れてあげてください。よろしく」

さりげなく言われて、私は驚いてしまう。リチャード副署長と呼ばれた彼は、私に向かってにっこり笑って、

「よろしく、ミスター・オシノ。ジャンと一緒でない時は呼び鈴を押してくれれば、私か家内が出ますからね」

「ありがとうございます」

私が言った時、ちょうどエレベーターが到着して扉が開いた。ジョギング用のウエアを着た男女が出てきて、ジャンと親しげに挨拶を交わし、白髪の男性に話しかけている。私とジャンは入れ替わりにエレベーターに乗り込む。

ジャンが最上階のボタンを押すと、扉がやけにゆっくりと閉まり、エレベーターがきしみながら上り始める。

「不思議な雰囲気のアパートですね」

「ああ……言っておくがミスター・リチャードは引退して悠々自適に暮らしてはいるが、本当にロスアンゼルス警察の副署長だった人だぞ。取材したければ仲介するから言ってくれ」

その言葉に、私は本気で驚いてしまう。

「ただのあだ名ではないんですか？」

「いや、本当だ。あと、さっきすれ違った男女は現役のＦＢＩ捜査官。こっちも取材したかったら聞いてみる」

「なんだかすごいな。セキュリティーは万全という感じですね」

私が言うと、彼はため息をついて、

「まあね。ミスター・リチャードと祖父は現役時代に友人でね。彼が経営するここに住むことがアメリカ暮らしの第一条件で……」

彼は言い、またハッとしたように口をつぐむ。

「私の親も似たようなことを言いました。ですから両親が見つけてきた麻布にある私のマンションは、やけにセキュリティーが厳しいです」

私は彼が複雑な顔をしていることに気づいて、慌てて言う。

「本当は、古いアパートの狭くて暗い一室で書くほうが、文豪っぽくていいと思うのですが」

「それはダメだ！　俺はまだしも、あんたはセキュリティーに気をつけろ！」

ジャンが言った時、エレベーターが再びきしみながら動きを止めた。ポン、という音がして扉ががたがたと開く。

「犯罪に対するセキュリティーよりも、エレベーターが心配なんだが」

彼は言いながら私をエスコートしてエレベーターを降りる。そこは古びた白大理石が張られた広々としたエレベーターホールになっていて……しかし扉が一つしかない。

「あなたの部屋のある階ではないんですか？　それともラウンジ？」

「いや、俺の部屋のある階だよ」

彼は私の背中に手を当てたままエレベーターホールを歩き抜け、唯一あるドアの前に立つ。そしてポケットから出したカードキーをドアの脇にあるボックスのスリットに入れる。ガチャ、という音がして鍵が解除されたのが解る。その音を聞いて、私は突然自分がとても緊張していることに気づく。

「ようこそ。わが城へ！」

彼は言い、ドアを大きく開け放す。

中はどうやら彼の手でリノベーションされているらしく、古臭さは一切なかった。濃い色彩の無垢材《むくざい》が張られた床、漆喰塗りの壁に等間隔に取り付けられているイタリアのデザイナー物の間接照明。廊下は延々と続き、両側にはたくさんの部屋があるのが解る。

「泊まるなら部屋はいくらでもあるから自由にしてくれ。……というか住みついてくれてもいい、いや、ここに一緒に住んでくれ」

彼は冗談のような口調で言うが、その声の中に一抹の本気の響きがあるように感じる。

……どうしてここに来てしまったんだろう？　「あんたが好きだ」が口癖の男と二人きりになるなんて、それこそ危険な気がするのだが……。

「どうぞ、ここがリビング」

彼は言いながら、正面のドアを開ける。

天井板を取り払ってあるせいで、天井がとても高い。漆喰で塗られた壁、むき出しになったダクトや配管、そして廊下と同じ濃い色合いの無垢材の板を張った床。入り口の反対側には古風な窓枠を持つ長細い窓がいくつも並び、そこからハリウッドの華やかで賑やかな夜景を見下ろすことができる。

床の上には黒革と金属を使ったコルビジェのソファが向かい合い、壁際の大きな書棚には、ミステリーがずらりと並んでいる。座って、適当にくつろいでいてくれ」

「エスプレッソを入れてくる。座って、適当にくつろいでいてくれ」

彼は言って広いリビングを通り抜け、一段高い場所に作られたオープンカウンターのあるキッチンに入っていく。最新式のエスプレッソマシンのスイッチを入れ、水のタンクに冷蔵庫から出したミネラルウォーターを注いでいる。

私はソファには座らずに書棚に近寄り、それを見上げてみる。

彼は著者や出版社で分類して本を並べることはしていないようだ。だが、しばらく見ているると法則がわかってくる。棚の上から二番目のちょうど取りやすい場所に、傑作といわれる古典ミステリーが並んでいる。しかもとても重厚な革装丁の表紙のものが多い。初版本などもありそうだ。

……一見無骨な男に見えるけれど、書棚の完璧な整頓の仕方から見て、実はとてもきちんとしていてお洒落な男なのかもしれない。

彼が入れる芳しいエスプレッソの香りが漂ってくる。

私はソファに座り、見るともなしに部屋の中を見渡す。私が寄ることを想定してあったのか、部屋は完璧に片付けられている。彼が意外に綺麗好きであることは、ここから見ることができるキッチンがピカピカに保たれていることからもうかがえる。

……まるで図書館の司書か、良家の執事のようだな。

私は思い……タキシード姿の彼が必死で働いているのを想像してクスリと笑ってしまう。

「お待たせ。熱いから気をつけて」

後ろから声がして、ローテーブルの上にエスプレッソのカップが置かれる。

「気に入った？　なんならこのまま、ここに一緒に住んでもいい。俺は本気だよ」

そう言われて、なぜかドキリとする。

……いったいどうしたというんだ、私は？

「そういえば、一つお聞きしたいことが」

私は、ソファの向かい側に腰を下ろしたジャンに言う。

「ユウイチ・クレナイという名前に聞き覚えは？」

「知っている。……まさか、彼の知り合いなのか？」

ジャンはとても驚いた顔で言う。

「ええ。彼は同業者で……よく飲んでいる友人です」

私が言うと、彼は呆然とした顔で、

「嘘だろう？　クレナイ一族の坊ちゃんが、あんたの同業者？　彼は作家なのか？」

「ええ。同じ省林社から本を出していますよ。ペンネームも同じです」

「本当に？　日本語版はあんたの本しか見ていなかった。今度探してみよう」

彼は言い……それからふと心配そうな顔になる。

「ああ……ユウイチから、何か聞いているのか？」

「聞いている？　何をですか？」

「ええと……」

彼は言いづらそうな顔で、

「俺のプライベートなこととか……」

私は問い詰めるべきか少し迷うが、隠していても仕方がないだろうと思い、うなずく。

「ええ。別に詮索《せんさく》するつもりはなかったのですが、雑談の時に出てきました。……あなたはミラノの大富豪、ロレンツィーニ一族の一員だとか？」

彼はとても驚いたように目を見開き、それからため息をつく。

「一応。……ただ、大富豪というほどの金持ちではないんだ。欧州社交界には歴史と家柄と財産が揃《そろ》った本物の金持ちがいくらでもいる。彼らに比べればロレンツィーニ家はただの成り上がりだよ」

彼はあっさりと言い、それから心配そうな顔になって、

「別に隠すつもりはなかったんだが、あんたとのデートで、自分の実家の話などする必要もないと思って。話題としては少しも面白くないし無粋《ぶすい》だろう？　だが……隠し事をされたようで不愉快？」

「いえ、ただ……どうしてそんな家柄の人が、わざわざアメリカまで来て役者を目指しているのだろうと少し興味は持ちましたが」

「ああ……たしかに俺は変わっているかもしれないな。金や家柄には興味がないし」

彼は言い、少し考えてから真面目な顔で言う。

「俺の父親はミラノの旧家の人間。母親は売れない女優。父には妻がいて不倫だった。しかも俺がまだ小さな頃に二人とも自動車事故で亡くなった。デートの最中にね」

その言葉に、私は驚いてしまう。彼は小さくため息をついて、

「父の浮気がロレンツィーニ家の人間にバレたばかりだったらしい。父は自分の父母や妻、親戚一同から激しく責められていたそうだ。ただの事故だったのか、それとも心中だったのか未だにわかっていない。……最後に二人を見たのは小さかった俺だ」

彼は何かを思い出すように遠くを見つめて、

「『お父さんと大切な話があるから。でもすぐに戻ってくるから眠っていなさい』母はそう言って二人で暮らしていたアパートを出て行った。とても深刻な顔の父と一緒に。俺は何か嫌な予感を覚えて一睡もできず……父から俺の存在を聞いていた祖父母が迎えに来るまで、ずっと一人でいた。五日間かな？」

私は彼を見つめながら、愕然《がくぜん》とする。彼の陽気さ、人懐こさ、逞《たくま》しいイメージからは、まったく想像できなかったからだ。

「大丈夫……だったんですか？　食べ物は？」

聞いた私の声は、震えてかすれていた。彼は、

「母は料理をしない人だったので、冷蔵庫の中には酒しか入っていなかった。そして食料品が入っているはずの棚には、背が小さすぎてとても届かなかった。だが、その日の夕方に遊園地に行って、その時に父がチョコバーを買ってくれた。それと水道水で生き延びた。なかなか逞しい子供だったんだ」

どこか楽しげに言う。その口調に逆に胸を締め付けられるの感じながら、私は聞く。

「外に出ようとか、誰かに助けを求めようとかは、思わなかったんですか？」

「母が、『すぐに戻ってくる』と言ったからね。外には出られなかった。その間に帰ってきたら可哀想《かわいそう》だから」

彼は言って、小さく笑う。

「とても美人だったが、ワガママで、子供っぽいところのある人だった。酒が入ると、いつも父と暮らせない境遇を嘆いて泣いた。それを慰めるのは息子である俺の役目だったんだ」

「あの……」

私は、たまらなくなって言う。聞いているだけで胸が締め付けられる。

「私は、二人が亡くなったのは、心中などではないと思います。お母さんやお父さんが、あなたを遺して逝くわけがありません」

彼は夢から醒《さ》めたように瞬《まばた》きをし、そして私を見つめる。

「そう思う？」

彼はそのまま私を見つめ、それからふと微笑んで私の方に手を伸ばす。

「ええ、そう思います」

「あんたが泣くことはないだろう？」

彼の指先がそっと涙を掬《すく》い取り、私はそこで初めて自分が泣いていたことに気づく。彼は
私を真っ直ぐに見つめて、蕩けそうなほど優しい顔で微笑む。

「なんでもできるという顔をしていて、でも実は隙だらけ。クールな態度をとってみせるけれど、本当は優しくて涙もろい。……あんたは本当に可愛い」

彼の手が、とても愛おしげに私の頬を包み込む。彼の指が頬の涙を優しく拭う。

「まだ少しだけ続きがある。話してもいいか？」

彼の問いに、私はうなずく。彼はまた微笑んで、

「祖父母は俺をミラノのロレンツィーニ家に連れて帰った。一人きり遺された俺が不憫《ふびん》だったのか、祖父母も、義母も、そして兄も、みな俺に優しかった。俺はとても感謝すると同時に、彼らに迷惑だけはかけまいと心に誓った」

彼の漆黒の瞳の中に、強い光が煌く。

「俺は彼らから財産をもらう気も、ロレンツィーニ系列の企業で取締役になる気もなかった。

そして祖父母の反対を押し切ってこのハリウッドに来た。母と暮らしていた街だから」

彼の顔に懐かしそうな表情が浮かぶ。それからふいに小さくため息をついて、

「しかし、俳優になってもまったく泣かず飛ばずだった。家族をはじめ親戚一同から反対されていたのを押し切って来たからには、どうしても成功しなくてはいけない、そう思って……俺はとても焦《あせ》っていたんだ」

言ってから、彼は私の顔を見つめる。

「でも、あんたのおかげで少しだけ希望を見出すことができた。本当に感謝してる。……まあ、映画が公開されないとこの先のことはまだよくわからないし、それが成功につながるかは俺の努力次第だと思うが」

その真剣な口調に、胸がじわりと熱くなる。

「映画は話題になって、あなたはこのまま成功する……私はそう思いますよ」

「本当に？」

彼は嬉しそうに言い、私の顔からやっと手を離す。それから冷めているエスプレッソに目をやって、

「もったいないから飲もう。そして飲み終わったら、シャンパンをあけよう。あんたの新作の完成を祝い、俺の成功を祈るための乾杯をしよう」

嬉しそうな彼の顔が少年のようで……また胸が痛む。

……どうしよう、彼のことがどうしようもなく愛おしくなってしまった……。

◆

「乾杯！　もう何杯目だ？」

「知りませんよ。ともかくこれを飲み干さないと」

私達はシャンパンで乾杯を繰り返し、二人でくだらないことを言って笑い転げていた。が、いつの間にかソファの隣に来ていた彼が、ふいに真顔になる。

「なんですか？　急に真面目な顔になって」

私が言うと、彼は私を見つめたまま言う。

「キスがしたいんだ。……いい？」

いきなり聞かれて、私は動揺する。しかしとても不思議なことに、彼とのキスが嫌だとは思えなかった。

「別に……」

私は、自分がとてもキスをしたい気持ちになっていることに気づき、驚いていた。

「……したければ、どうぞお好きに……あっ」

私の身体が引き寄せられ、彼の唇が重なってくる。

「……んん……」

……どうしてだ？　私はゲイなんかではないはずなのに。

彼のキスはとても獰猛で、しかしとても甘かった。私は彼のキスに翻弄《ほんろう》され……驚いたことに身体を熱くしてしまう。

……嘘だろう……？

私は動揺し……しかしあることに気づく。

……彼のそこも、とても熱くなっている……。

「もしかして、勃《た》ってるのか？」

唇を触れさせたまま、彼が低く甘い声で囁く。

……恥ずかしすぎて、本当に逃げ出してしまいたい。だがここで逃げたら、まるで乙女《おとめ》のようじゃないか。

私は必死で気力を振り絞って笑う。

「あなたこそ、硬いものが当たっていますよ」

彼はクスリと笑って、

「じゃあ、お互い様だな」

彼は言い、いきなり私の革パンツのファスナーを開く。そのまま下着とまとめて引き下ろされて、恥ずかしいほど勃起《ぼっき》した中心が、空気の中に弾《はじ》け出てしまう。

「……あっ！」

二十歳《はたち》過ぎの健康な男だし、もちろん女性経験は何度かある。だがいつも私からではなく、女性からの熱烈な誘惑で行った。一方的に快楽を与えられて抗《あらが》いきれずに勃ち、勝手に乗られて揺すられた。快感ではなく一方的な搾取。しらけた面倒な思い出しかない。

……なのに……。

彼の視線の中に恥ずかしい部分を露《あら》わにしていることだけで、おかしくなりそうなほど私は欲情している。

……どうしてこんなに興奮しているんだ、私は……？

「本当に嫌なら逃げてくれ。もう止まらない」

彼が低く囁き、着ていたシャツを脱ぐ。そして自分のファスナーをゆっくりと下ろす。そこからブルンと弾け出たものの逞しさに、私は思わず目を閉じて喘《あえ》ぐ。

……ああ、どうして同じ男の性器を見て、こんなに発情するんだろう？

「逃げないんだな。……するよ」

彼は言い、驚いている私の腰を引き寄せ、脚を大きく開かせる。一瞬後、私の屹立《きつりつ》が熱い彼の屹立に触れる。彼の反り返りと石のような硬さ、そして私のものとは比べ物にならないような男らしい逞しさに、思わず腰が引けてしまう。しかしまた引き戻され、二本まとめて摑まれて、もう逃げることができなくなる。

「……ああ……っ！」

ギュッと強く扱《しご》かれただけで、私の先端からドクドクッと先走りが漏れた。

「感じやすいんだな。ほんの一回擦《こす》っただけで、もうトロトロにするなんて」

彼が囁きながら、二本の屹立を擦り上げる。

「なんで淫《みだ》らな身体なんだろう？　男に握られて、こんなに反り返らせるなんて」

「……やめ……アアッ！」

垂らした蜜《みつ》は、私だけでなく彼の屹立までも濡《ぬ》らしている。手のひらが動くたびに、グチュグチュと淫らな音が立ち、恥ずかしすぎて泣いてしまいそうだ。

「……ア、ア、ア……ッ！」

ヌルヌルになった彼の手のひら、そして押し付けられている蕩けそうに熱い彼の屹立。私は背中を反り返らせ、激しい射精感に必死で耐えて……。

「ああ……感じてるあんたは、本当に美しい。そして色っぽい。見ているだけでイキそうだ」

彼が囁いて、私の髪にそっとキスをする。

「イキたいか？」

耳元で囁かれて、私は息を呑《の》む。

……ああ、なんてセクシーな声を出すんだ、この男は？

「勃起しているんですよ。イキたくないわけがないでしょう？」

私は精一杯平然とした様子を装って言うが……そのまま扱き上げられて我を忘れる。

「まだそんな生意気な口がきけるんだな。本当に憎らしい人だ」

彼がとても意地悪な口調で囁き、とても感じやすい先端のスリットを指で擦り上げる。

「……んんっ！」

思わず腰が揺れ、彼の屹立と私の屹立がゴリッと擦れ合う。今にもイキそうになり、私は必死で唇を嚙《か》む。

「我慢なんかしないでいい。綺麗なあんたの、うんと淫らな姿を見たいんだ」

彼は囁き、擦り上げる手の速度を上げる。私の屹立は先走りを零《こぼ》しながら震え、それに触発されるように彼の屹立もビクンと跳ね上がり……。

……ああ、この美しい男が、私との行為に感じている……？

思っただけで、目の前が真っ白になるような快感が湧き上がり……。

「……ンン――ッ！」

私は背中を反り返らせ、そのまま激しく白濁を吹き上げてしまった。

……ああ……なんてことだ……。

私は荒い呼吸の下で思う。

……男の手で、イカされてしまうなんて……。

「あんたのことが好きだ。本当に好きなんだ」

耳元で囁かれて、私はハッと我に返る。

「私はゲイではありません」

私はとても動揺していた。自分が他人の前でこんな無防備な姿を見せてしまったことが、恥ずかしくて仕方がない。

「どいてください」

私は彼の身体を押しのけて立ち上がり、引き下ろされた下着と革パンツを慌てて直す。

「もうガイドは十分です。今までありがとうございました」

私は言い、彼の部屋を横切ってドアに向かう。

「待ってくれ、一人では危ない……」

彼の言葉が聞こえたが、私はそれを無視して彼の部屋を出る。必死でエレベーターのボタンを押し、ちょうど来たそれに駆け込む。追いかけてくる彼を無視して扉を閉め、そしてそのままアパートを飛び出した。

外にはいつの間にか針のような細い雨が降っていた。私は何か声をかけてくる管理人を無視してエントランスを出る。そして大通りを目指して歩きだし……。

「……あっ！」

その途端、後ろから腕を摑まれる。強盗か、と身構えるが……。

「……あ……っ」

相手が誰なのかに気づいて、私は愕然とする。

「あなたは……」

彼は、私にファンメールを送り続け、そして撮影所の前で待ち伏せていた……あのトニー・マクドネルだった。

「どうして……」

「ずっと尾行していました。私に嫉妬させるために、あの男とのデートを繰り返していたんでしょう？」

彼の目が、虚《うつ》ろに光る。私の腕を摑んだ手に力が入り、ぎりぎりと締め上げてくる。

「でももう大丈夫。あなたの気持ちはわかっていますから」

「離してください！　いったい何を言ってるんですか？」

「あなたこそ何を言っているんですか？　毎晩、あんなに愛し合ったじゃないですか」

男の目つきを見て、背筋に寒気が走る。

……ジャンがこの男を危険だと言っていたのは、きっと間違いではない……。

「離してください！　あなたと愛し合ったことなどない！」

私は叫び、彼の手を振り払う。彼は表情を変えてポケットに手を入れ、折り畳み式のサバイバルナイフを取り出す。思わず後退る私の前で彼は刃を出し、私に向ける。

「俺を裏切るのか？　あの男に本気になったんだろう、この淫乱《いんらん》！」

男は叫びながら、私にナイフを向けてじわじわと歩み寄ってくる。もうおしまいだ、と思った時に脳裏をよぎったのはジャンの顔だった。

「ジャン！」

私は思わず叫んでしまうが、あんなひどいことを言った相手が助けに来るわけがなく……。

しかし次の瞬間、男が横に吹き飛んだ。ジャンが体当たりを食らわしたのだ。

「俺のオシノに手を出すんじゃねえっ！」

ジャンは死に物狂いになったその男ともみ合い……。

「あっ！」

いきなり血飛沫《ちしぶき》が飛び、私は思わず声を上げる。ジャンの滑らかな頬を、一筋の血がゆっくりと流れ落ちる。

ジャンが舌打ちをし、指先で顎まで垂れた血を拭う。目を落としてそれを見たジャンの顔に、怒りが浮かぶ。

「てめえ、何しやがる？　まだ撮影が残ってるんだぞっ！」

ジャンは言い、長い脚で、男のナイフを蹴《け》り上げる。男が驚いている間に駆け寄って男の襟元を強く摑み上げる。

「オシノにつきまとったうえに、俳優の顔に傷をつけたな？　もう許さねぇ！」

ジャンは叫びながら右腕を強く後ろに引き……。

ガッという音がして、男の身体が大きく吹き飛ぶ。男は塀に後頭部をぶつけて呻き、そのまま目を閉じてずるずると道路の上に滑り落ちる。

「大丈夫か？」

ジャンが言って、私を振り返る。彼の頬には五センチほどの赤い筋が入り、そこから血が流れている。顎まで伝った血が首筋を下り、彼のシャツを赤く染める。

「なにか、ひどいことをされなかったか？」

彼はそんな傷などないかのように、とても心配そうに私に聞く。

愕然としていた私は、その言葉にやっと我に返る。

「何を言ってるんですか！　私のことを心配している場合ではないでしょう！」

私は叫び、彼に駆け寄る。ポケットから出したハンカチで、彼の傷を押さえる。

「痛いでしょう？　大丈夫ですか？　すぐに警察と救急車を呼びます！　これを押さえていてください！」

私は言って警察に電話をかけ、すぐに来るように要請する。私の言うとおり傷を押さえているジャンは、とても申し訳なさそうに、

「あんたのハンカチが汚れてしまったな。綺麗にアイロンをかけてあったのに」

「そんなものどうでもいいです！　それよりも……」

「ああ、怖い目にあわせてすまなかった」

彼は、その漆黒の瞳で私を見つめて言う。

「慌てて後を追ったんだが、途中で見失ってしまった。なんとか見つけられてよかった」

彼は言っていつもどおりに笑う。私は青くなりながら叫ぶ。

「それどころじゃないでしょう！」

視界がいきなり曇り、私の頬を涙が滑り落ちた。

「あなたは俳優なのに！　私なんかのせいで顔に傷が……」

彼は驚いたように目を見開き、そして私の涙を指先でそっと拭う。

「俺の傷なんかどうでもいい。それよりあんたが無事で本当によかった」

……ああ、なんて男だ……。

私はさらに涙が溢《あふ》れるのを感じながら思う。

……そんなことを言われたら、本気で好きになってしまうじゃないか……！

◆

「はい、完成ですよ」

搬送された先の病院。眠そうな医者が言う。彼の頬は軽い麻酔だけで縫合された。彼の頬には大きなガーゼが当てられ、絆創膏《ばんそうこう》で留められている。

「はあ、痛かった。……あの男、絶対に許さない。できるだけ長くムショにブチ込んでやらないと」

ジャンは言い、それからやけに嬉しそうに言う。

「でも、ここにいる美人を助けたんだぜ？　格好いいよなあ、俺」

小学生のような言い草に、医者は呆れたような顔でジャンを見て、それから、

「たいした深さの傷ではありません。でも痕《あと》は残りそうですね。まあ、名誉の勲章では？」

その言葉に、私は胸が締め付けられる気がする。

「あなたは俳優なのに……私のせいでこんなことに……」

ジャンが椅子から立ち上がり、私に向かって微笑みかける。

「ああ……俺のためにあんたが泣いてくれるなんて、俺はめちゃくちゃ幸せだよ。あんたに、本気で夢中だからな」

「バカ。あなたは本当に、心底バカだ」

私が言うと、座ったままの医者がプッと噴き出す。ジャンは気にせず、私に向かって煌くような笑顔で微笑んでくる。

「まあね、たしかに俺はバカだ。でも、格好いいだろう？」

私はもう我慢できずに、彼の胸に飛び込む。彼の手が私の身体をしっかりと抱き締める。

「なあ、ちゃんと答えてくれよ」

直接胸に伝わってくる優しい声。間近で感じる彼の体温、うっとりするようないい香りが、私の理性を蕩けさせてしまう。

「悔しいです」

私はまた泣いてしまいながら囁く。

「でも、あなたは本当に素敵です」

「よしよし、よく言えた。素直になったあんたは本当に可愛いな」

彼が言って、私の髪をそっと撫《な》でる。

……ああ、この私にこんなことを言わせるなんて、まったくなんて男だろう……。

◆

傷を縫ってもらい、それから二人で警察から事情聴取を受け……気づいたら窓の外はもう明るくなっていた。私は高柳副編集長に電話をかけ、彼から監督に連絡が行き……そしてその日の撮影は延期になった。

そして十日後。ジャンの傷がとりあえずふさがってから、彼の出演シーンが再開した。

「最近はCG加工が珍しくありません。それでこの後の出演シーンの傷を消すことも難しくないのですが……」

監督が、嬉しそうに言う。

「……ジャンの傷があまりにもいい感じだったので、それを生かすことにしました。幸い、原作者自ら脚本を書き足してくださいましたし」

追加されたのは、ジャンが演じる刑事が犯人と戦い、犯人が振り回したナイフが彼の頬を掠《かす》めるというシーンだった。

撮影に使われたのはもちろん本物の刃の付いていない小道具のナイフだが、ジャンの演技はとてもリアルで、まるで自分の頬が切られたかのように怖かった。

「うわあ」

撮影したフィルムを確認していたダニエルが、頬を押さえている。

「やっぱり体験した人の演技は全然違いますね。あまりにもリアルで頬が痛いです」

気が付くと、ほかのスタッフだけでなく犯人役の役者までもが頬を押さえている。

「だろう？　役者として一回り成長したかもしれないなあ、俺」

モニターを覗き込んでいたジャンが、嬉しそうに言う。

「で？　どうですか？」

彼は言って、監督と私の顔を交互に見つめる。私は、

「私は文句なしだと思います。監督はいかがですか？」

言うと監督は難しい顔で考え込む。ジャンは慌てた顔になって言う。

「え、嘘。ダメですか？　あんなに熱演したのに？」

「そうだなあ、なんというか、こう……」

監督の言葉に、全員が身を乗り出す。監督は全員を見渡し、いきなりプッと噴き出して、

「最高に決まっているだろう？　クランクアップだ！」

その言葉に、撮影スタジオは拍手と歓声に包まれる。一足先にクランクアップしていたクラリスが一抱えはありそうな大きな花束を持ってやってきて、ジャンにそれを渡す。

「いろいろ成功したみたいね。おめでと」

私にちらりと視線をくれて、

「相手が変な女なら邪魔してやろうかと思ったんだけど、敵《かな》わなそう」

言っていたずらっぽく笑う。彼女はいつもジャンを苛《いじ》めてばかりいたけれど……もしかしたら、彼女もジャンに惹《ひ》かれていたのかもしれない。

……まあ……あれだけ魅力的な男に、惹かれない女性がいるほうが驚いてしまうのだが。

私は思い、ジャンがこっちを真っ直ぐに見つめていることに気づく。彼の口元にやけにセクシーな笑みが浮かんだのを見て、さっき思ったことを慌てて否定する。

……いや、あの男が魅力的なわけがない。あいつは図々《ずうずう》しくて、がさつで……。

「さて、諸君に言っておきたいことがある。オシノ先生も、ご注目願います」

監督の声に、私はハッと我に返る。

「カンヌ映画祭の実行委員会から、この映画が出来上がったら招待作品にさせてくれないか、というオファーが来ています。どうやら実行委員の中にミスター・オシノの大ファンがいたらしく、映画化には大きな期待がかかっているようなんですよ」

その言葉に、私達は顔を見合わせる。監督は、

「ミスター・オシノ、どう思われますか？」

キャストやスタッフがいっせいに私を振り返る。私は、

「私の原作がそんな名誉なことになるなんて、気後れしてしまいます。しかし……」

私は彼らを見渡しながら、

「一流のキャストやスタッフが一丸になって作ったこの映画が成功しないわけがありません。きっと招待作品に相応しい出来になると確信しています。とても楽しみです」

私の言葉に、彼らの間に歓声が上がる。ジャンが、優しい目で私を見つめて、ふいにウインクをしてくる。

……実を言えば……。

私は彼を見返しながら思う。

……レッドカーペットを歩く彼を、一度でいいから見てみたいというのが正直な気持ちなのだが。

◆

そして映画は無事に完成し……。

「へえ。これがレッドカーペットか。けっこう緊張するもんだなあ」

隣を歩くジャンが、気楽な声で言う。がちがちに緊張している主人公二人と監督は、ジャンを振り返って、

「ジャンは、全然緊張していませんよね？」

「そうよ。ずるいわ」

「私は貧血で倒れそうだ」

口々に言うが、ジャンは肩をすくめて笑っている。

ここは、カンヌ映画祭の会場。その入り口に続くレッドカーペット。完成した映画はこの映画祭に、招待作品として出品されることになったのだ。

本当ならレッドカーペットを歩くのは主人公二人とジャン、そして監督だけだったはずなのだが……ジャンの強引なすすめと製作スタッフの強いリクエストで、原作者の私まで歩くことになってしまった。

「いつもと違う俺に、惚れ直した？」

彼が私の耳元で囁いてくる。

タキシードに身を包んだ彼は、紅井が言ったように、まさにどこかの国の王子様のように麗しい。名家の血を引いているというのがうなずけるような高貴さだ。

……まあ、中身は変わらないが。

「ジャンさん、こちらに視線を！」

カメラマンがジャンに声をかける。フレームに入らないように離れようとした私の肩を、ジャンがいきなり抱き寄せる。

「彼は原作者だ。一緒に撮ってくれよ」

ジャンは言いながら私に頬を寄せ、そこに数え切れないほどのフラッシュが光る。

……ジャンはやけにベタベタしてくる。それも話題になってしまいそうで心配だ。

◆

カンヌ映画祭での上映は無事に終わった。会場に響き渡った拍手を思い出すだけで、心が感激で熱くなる。

「この傷のおかげで箔《はく》がついたって、カメラマンに言われたよ」

ここは、私達が宿泊しているホテル・マジェスティック・パリエールの部屋。省林社が私

のために用意してくれた海を見渡せる専用テラス付きのスイートだ。

タキシードを着てシャンパンのグラスを持ったジャンが、楽しそうに言う。

「映画もなんとかなったし、エージェントによれば、傷がついた後のほうがオファーが増えているらしい」

ジャンはそう言って無邪気に喜んでいるが……私は、私のせいで彼が危険にさらされたと思うと、なんだかたまらなくなってしまう。

「……もう、キスはしないんですか？」

私が言うと、彼は驚いたように目を見開く。それから、とてもつらそうな顔をする。

「やめておく。キスをしてしまったら、もう、この間みたいな生易しい愛撫《あいぶ》だけではすみそうにない」

言って、深くて苦しげなため息をつく。

「それでもかまいませんが」

私の唇から、勝手に言葉が漏れる。ジャンはとても驚いた顔になり、

「なんだ？　もしかしてお詫《わ》びに抱かせてくれるとか？」

ジャンの言葉に、私は激しい怒りを覚える。

「お詫びなどでは抱かせません。あなたを愛していることに気づいたから、部屋に呼んだだけです。嫌なら結構」

「……えっ？　もしかして、本気なのか？」

彼が愕然とした顔で私に言う。私は怒りがさらに激しくなるのを感じながら、

「あなたは、何度も私に好きだの抱きたいだの言ってきた。でも、もしも今までのことがすべて冗談だったのなら、今すぐに出て行ってください」

彼は呆然と私を見つめ……それからふいに私を抱き締める。

「あんたを初めて見た瞬間から、ずっと惹かれていた。あんたの作品を読んでその才能に敬服したし、あんたが真面目な顔に似合わず可愛いってことを知って、もう夢中になった」

彼は立ち上がり、そしてソファから私を抱き上げる。

「……ずっと欲しかった。抱かないわけがないだろう？」

彼は私を抱いたまま専用リビングを歩き、ベッドルームに入る。ベッドに押し倒されてのしかかられ、私は欲望と恐れに喘ぐ。

「……愛している、オシノ……」

彼が囁いて、私が着ているタキシードを脱がせていく。だんだんと無防備にされる感覚はとても淫らで……私は我を忘れて喘ぐ。

「ああ……なんて綺麗なんだろう？」

一糸まとわぬ裸になった私を見下ろしたまま、彼がタキシードの上着を脱ぐ。そしてそれ以上は衣類を一切緩めないままでのしかかってくる。

「……ああ……っ」

右の乳首を彼の舌がゆっくりと舐《な》め上げ、片方の手が左の乳首をくすぐるように愛撫する。

「……ダメ……ああ……っ！」

最初はくすぐったいような感触だったのに、すぐにそれはたまらない快感に変わってくる。

「……ああ、舐めないで……そこは……んん……っ！」

彼の舌が私の乳首の周囲に円を描き、乳首をそっと甘噛みする。

「……んんっ！」

もう片方の乳首を強めに摘《つま》み上げられて、身体がビクビクと震えてしまう。

「クールな顔をしているくせに、本当に敏感な身体をしているんだな」

彼が、とても意地悪な声で私の耳に囁きを吹き込んでくる。

「しかも、少し痛いほうが感じるの？　とんでもなくエッチなんだな」

乳首の先端を、彼が強く吸い上げる。同時に、もう片方の乳首を指先でくすぐられる。

「……あ、ああ……っ！」

こんなところがこんなに感じるなんて想像もしていなかったのに……怖いほどの快感が全身を痺《しび》れさせている。その快感は下腹部に凝縮し、私の中心を堅く勃起させる。

「……んん……ダメです……ああっ……！」

「声が甘い。乳首が、そんなに感じる？」

彼が低く囁いて、舌先で乳首の先を舐め上げる。往復する彼の舌の淫らな感触に、私の先端からトロトロと先走りの蜜が漏れてしまう。

「……や……やめ……アアッ！」

乳首を愛撫していた彼の手が、私の肌の上を滑り落ちる。腰骨の上を何度か往復してから、私の屹立をふいに摑み上げる。

「……や……ああ……っ！」

彼の指が、私のむき出しの屹立を容赦なく愛撫する。

「……んん……んん……っ！」

同時に乳首を吸い上げられて、激しい射精感が湧き上がってくる。

「……ダメ……出る……」

私はシーツを摑み、身体をよじらせながら懇願する。

「……イカせてください……もうダメ……」

「ああ、そんな声を出して。ベッドの上では、別人みたいに淫らになるんだな」

彼は囁き、そして野獣のように獰猛に私を愛撫する。

「……ああ、ああ……っ！」

屹立を激しく擦り上げ、乳首を吸い上げられて、私は背中を反り返らせ、声を抑えきれずに懇願する。

「……お願い……あなたが……ああっ！」

私は激しい快感に翻弄され、羞恥《しゅうち》も忘れて喘ぎ、そして白濁を思いきり放つ。

「……くう……ん……っ！」

ドクンドクン、と激しく迸《ほとばし》る欲望の蜜を、彼は大きな手でしっかりと受け止める。

「ああ……」

私は激しい快感に、震えるため息をつく。

「ああ、すごい。感じているあんたは本当に綺麗だ」

彼は囁いて私の脚を大きく割り広げる。

「……あ……っ」

私の蜜で濡れた彼の手が、私の脚の間に滑り込んでくる。ヌルヌルの手が、私の屹立から双珠、そして隠された蕾《つぼみ》までも濡らしながら往復する。

「……ん……っ！」

腰が浮きそうな快感に、放ったばかりの屹立が堅く反り返ってしまう。

「……あ……ダメです……ん……！」

私がとても感じたのを確かめてから、彼の指が私の蕾に忍び込む。驚いて締め上げてしまう蕾を丹念に解《ほぐ》し、差し入れた指をゆっくりと動かしてくる。

「……あ……あ……身体が……」

「どうしたの？　後ろで感じる？」

低く囁かれて、私は必死でうなずく。

「……おかしいです……こんなところで感じるなんて……」

「おかしくなんかない。あんたの身体は最高だ」

セクシーな囁きに、全身の力が抜ける。彼の二本目の指がチュプンと音を立てて私の中に進入し、内側から私を解してしまう。

そして……。

「……ああっ！」

ヌルヌルにされた私の蕾に、とても逞しい彼が押し入ってくる。最初はきつかった蕾はすぐに蕩けて彼を受け入れ……。

「……あ……ああ……っ」

身体の奥で彼を感じる快感。思わず喘いだ私に彼はキスをし……そのまま抽挿を開始する。

「……アア、アア、アア……ッ！」

彼の動きに合わせて、ベッドが大きく揺れる。私はすがるようにシーツを握り締め、快楽の涙を流しながら彼を受け入れて……。

「……またイク……お願い、一緒に……！」

私の唇から、懇願の囁きが漏れた。

「いいよ、一緒にイこう」

彼が私の耳に、低い囁きを吹き込んでくる。

「あんたの身体がすごすぎて、俺ももう限界だ」

そのまま激しく奪われて、私の先端から、ビュクビュクッ！　と激しく白濁が迸る。

「……く、うう……っ！」

ギュウッと強く食い締めてしまう私の蕾を、彼の屹立が容赦なく奪う。そして彼は小さく息を呑み……。

「愛している、オシノ」

彼はとてもセクシーな声で私に囁く。

「……ジャン……！」

私の先端から、最後の蜜が搾り出される。それと同時に、とても熱いものが、ドクンドクン、と体内に撃ち込まれる。私はとても幸せな気持ちでそれをすべて受け止める。

「……愛しています……」

私の唇から、本当の気持ちが漏れる。彼は私をしっかりと抱き締め、深いキスをする。

そして私達は固く抱き合い、獣《けもの》のように何度も何度も一つになり……。

◆

その後。ジャンはエージェントの日本支社に籍を移し、日本での仕事を始めた。彼のハンサムな顔と渋い傷、さらに気取らない性格は日本人にとても受け、CMやテレビドラマ、映画にひっぱりだこになる。

そして。夜中にひらかれる業界人たちの集まりにジャンというメンバーが増えた。私とジャンはもうすぐ麻布十番のマンションで同棲《どうせい》することになり、そのことでも業界仲間はかなり驚いているらしい。

六本木にあるいつものカフェ。今夜集まっているのは、紅井と氷川さん、柚木くんと天澤さん、高柳副編集長と五嶋さん、大城と小田くんの四カップル、さらに独り身の草田だ。

「しかし……あのロレンツィーニ一族の御曹司と、こんなにお近づきになっちゃうなんて」

「しかも紅井先生のシリーズの新レギュラー。不思議な縁ですよね」

紅井の言葉に柚木くんがうなずいて言う。ジャンは紅井のテレビドラマにも出演することになり、さらに人気が上がりそうだ。

「俺の方が驚いた。あの紅井家の坊っちゃんが、まさか作家だったなんて」

エスプレッソを飲みながら、ジャンが言う。彼はすっかり東京になじんでしまった。有名人が多いせいで俳優がいても誰も干渉してこない、六本木という場所も気に入ったらしい。

アメリカンを飲んでいた高柳副編集長が、

「押野先生原作の映画の新作も決まりましたし、各ブランドからのCMオファーも続いているようです。大変お忙しいとは思いますが、よろしくお願いいたします」

氷川さんがジャンを見て、その瞳をキラリと光らせる。

「私からもお願いします。押野先生の映画だけでなく、紅井先生のテレビドラマも、社運がかかっていますから」

「わかってます。……さて」

ジャンは言って、私を振り返る。

「そろそろ帰ろう。〆切が近いんだろう？」

言われて、私はカップとモバイルを持って立ち上がる。

「そうですね。そろそろ失礼します」

彼らの冷やかしの声を背中に受けながらカップをカウンターに戻し、私はジャンと並んで店を出る。

私はとても幸せではあるが……一つ悩みがある。

「今夜も抱きたい。いいだろう？」

店を出たとたん、ジャンが私に囁いてくる。〆切があるのだから断らなくてはいけないのに……どうしてもその誘いには勝てない。

私の恋人は、ハンサムで、獰猛で、そしてこんなふうにとてもセクシーなんだ。

あとがき

こんにちは、水上ルイです。初めての方に初めまして。水上の別のお話を読んでくださっている方に、いつもありがとうございます。

今回の『クールな作家は恋に蕩ける』は、獰猛で超絶ハンサムだけど売れないイタリア人俳優・ジャンと、銀縁眼鏡のクールなベストセラー小説家・押野が主人公。押野の小説がハリウッドで映画化されることになり、押野は小劇場でたまたま見つけたジャンを大抜擢。ジャンはジャンで劇場の前で見かけた押野に一目惚れしていて……というお話です。毒舌な押野は前から主人公にしたかったので、ずっと「ハリウッド映画化が〜」と伏線を張り続けていました（笑）。神経質な彼に似合うのは、きっとがさつで獰猛な攻……と前からひそかに決めていたので、今回、やっと書くことができて楽しかったです。

この出版業界シリーズ、実はすでに五冊目。ですが、それぞれ違うカップルが主人公なのでどこから読んでもオッケー。安心してお買い求めください（CM）。

第一弾の『恋愛小説家は夜に誘う』はスランプ中の作家・大城とその美青年担当・小田のお話。第二弾『編集者は艶夜に惑わす』は、世界的に有名な装丁デザイナー・五嶋と、美人でドSな副編集長・高柳のお話。第三弾『新人小説家の甘い憂鬱』は、担当した作家をすべて超売れっ子にしてしまうという伝説の編集者・天澤と、彼が担当することになったダサ可愛い新人小説家・柚木が主人公。そして第四弾『ミステリー作家の危うい誘惑』は、敏腕営業の氷川と売れっ子ミステリー作家・紅井が主人公。カップルばかりですみません（汗）。ほかのカップルに興味の湧いた方はそちらもよろしく（またＣＭ・笑）。

このシリーズのラヴな部分はもちろんフィクションなのですが、意外な場所にリアルなネタ（夜中に作家が集まって飲み会をしているところとか・笑）が混ぜられております。「出版業界ってこんなところ？」と想像力を働かせつつ楽しんでいただければ嬉しいです。

このシリーズによく出てくる麻布十番商店街〜六本木ヒルズあたりは、以前、仕事場を借りていた場所。六本木のジムにはマッチョな外国人が多かった……（笑）。押野のように私生活も仕事も完璧に管理している作家さんというのはたまにいらっしゃるのですが（息の長い売れっ子さんにはそういう方が多いです・汗）、自分は常にバタバタなので、本気で憧れます……（涙）。少しでも見習わなくては……（滝汗）。

それではここで、各種お知らせコーナー。

★オリジナル個人サークル『水上ルイ企画室』やってます。

東京での夏・冬コミに参加予定。夏と冬には（受かったら）新刊同人誌を出したいと思っています（希望）。カタログでサークル名を見つけたらよろしくお願いいたします。

★水上の情報をゲットしたい方は、公式サイト『水上通信デジタル版』へＰＣでどうぞ。

http://www1.odn.ne.jp/ruinet（二〇一一年七月現在）最新情報はそちらにて。

それではここで、お世話になった方々に感謝の言葉を。

街子マドカ先生。今回もご一緒できて光栄でした。そして大変お忙しい中、本当に素敵なイラストをどうもありがとうございました。獰猛でハンサムなジャン、そして超絶美人でクールな押野にうっとりしました。これからもよろしくお願いできれば嬉しいです。

幻冬舎コミックスS本さん、O本さん。今回もお手数をおかけしてすみません（汗）。そして本当にありがとうございました。これからもよろしくお願いできれば幸いです。

そして最後になりましたが、読んでくださったあなたに、どうもありがとうございます。今回の本のご感想、リクエストなどいただければとても嬉しいです。

水上ルイ、これからも頑張って仕事をしていく予定です。これからもよろしくお願いできれば幸いです。次回お会いできる日を、楽しみにしております。

二〇一一年　七月　　水上ルイ

この小説の執筆中に、東日本大震災が起きてしまいました。被災された皆様に、心よりお見舞い申し上げます。一日も早く、あなたに平和な日常が戻りますように。

✦初出　クールな作家は恋に蕩ける……………書き下ろし

水上ルイ先生、街子マドカ先生へのお便り、本作品に関するご意見、ご感想などは
〒151-0051 東京都渋谷区千駄ヶ谷 4-9-7
幻冬舎コミックス　ルチル文庫「クールな作家は恋に蕩ける」係まで。

幻冬舎ルチル文庫

クールな作家は恋に蕩ける

2011年7月20日　　第1刷発行

✦著者　水上ルイ　みなかみ るい

✦発行人　伊藤嘉彦

✦発行元　株式会社 幻冬舎コミックス
〒151-0051 東京都渋谷区千駄ヶ谷 4-9-7
電話 03(5411)6432[編集]

✦発売元　株式会社 幻冬舎
〒151-0051 東京都渋谷区千駄ヶ谷 4-9-7
電話 03(5411)6222[営業]
振替 00120-8-767643

✦印刷・製本所　中央精版印刷株式会社

✦検印廃止

ISBN978-4-344-82283-2　C0193　Printed in Japan